U0599374

刘福祥 著

# 解码

## 人性与人生的悖论

SPM 南方出版传媒 广东人民出版社

·广州·

# 图书在版编目（CIP）数据

解码：人性与人生的悖论 / 刘福祥著. -- 广州：广东人民出版社，2019.1

ISBN 978-7-218-13328-7

Ⅰ．①解… Ⅱ．①刘… Ⅲ．①散文集－中国－当代 Ⅳ.①I267

中国版本图书馆CIP数据核字（2018）第293004号

JIEMA： RENXING YU RENSHENG DE BEILUN

**解码：** 人性与人生的悖论

刘福祥 著

出 版 人： 肖风华

责任编辑： 梁 茵 廖志芬
责任技编： 周 杰 周星奎
装帧设计： 吴慧敏
插 图： 张向钧

出版发行 广东人民出版社
地 址： 广州市大沙头四马路10号（邮政编码：510102）
电 话： （020）83798714（总编室）
传 真： （020）83780199
网 址： http://www.gdpph.com
印 刷： 珠海市豪迈实业有限公司
开 本： 889毫米×1194毫米 1/32
印 张： 5 字 数：100千
版 次： 2019年1月第1版 2019年1月第1次印刷
定 价： 39.80元

如发现印装质量问题，影响阅读，请与出版社（020-83795749）联系调换。
售书热线： （020）83795240 邮购： （020）83781421

# 斯芬克斯之谜

代序：

三年前，我到了古希腊，这个人类文明和智慧的摇篮。

在距离雅典 150 公里的福基斯帕那索斯山脚下，那座兴建于公元前 9 世纪，1937 年被联合国科教文组织列入《世界遗产名录》的著名德尔菲神庙遗址前，我被刻在阿波罗神庙上的那句留给后世和人类的箴言所震撼：

认识你自己（Know yourself）！

确实，我们知道自己是谁，却未必真正了解自己；有时候，离我们最远的，也可能就是我们自己！

不妨让时光穿梭回两千多年前。

有一天，古希腊大哲学家苏格拉底，听学生们说他聪明，自个就不信，因为他心目中的聪明，只有一个标准，那就是自知。为此就和学生们去雅典街头，交结三教九流，看他们是否有自知之明。回来后很遗憾地说，如果你们认为我聪明，恐怕是因为我只知道一件事情，那就是我知道自己无知，别人却连无知都不知道。

而在他之后的古希腊哲学家亚里士多德也说："我唯一知道的就是我很无知。"

差不多在同一个时间，在遥远的东方文明古国中国，也有两位智者呼应着他们的真知灼见，只是语言更加简洁。

道家学派的创始人老子说：

*知不知，尚矣；不知知，病也。*

意思很明确，知道自己不知道的东西，那才是明白人；不知道，却还以为知道，就是个糊涂人。

孔子，这位名列世界十大文化名人之首的中国杰出思想家和教育家，也想过这个问题，见地当然不凡：

*知之为知之，不知为不知，是知也。*

一句话，说的是所谓真正的智慧，就是知道就知道，不知道就是不知道。

这些东西方圣哲，在用穿越时空的智慧，共同聚焦并且试图破解着人类自身面对的课题——斯芬克斯之谜！

斯芬克斯之谜，出自雅典三大著名悲剧作家之一索福克勒斯的寓言《俄狄浦斯王》。斯芬克斯是希腊神话中一个长着狮子躯干、女子头面的怪兽，当年坐在忒拜城附近的悬崖上，向过路人出一个谜语：什么东西早晨用四条腿走路，中午用两条腿走路，晚上用三条腿走路？如果猜错，就要被害死。然而俄狄浦斯猜中了谜底是人，羞愧的斯芬克斯跳崖而死。

于是，斯芬克斯后来就被喻为谜一样的人，按《尚书》

中的说法，叫做"人心惟危"，用通俗的话说是"人心似是海底针"。

从个体的人，到相关的族群，乃至人类，你可以了解这个世界，却未必认识自己。

不然你就很难理解。20世纪中叶，亚洲国家中率先了解和把握世界大势，进而迅速脱亚入欧，走上现代化之路的日本，何以如此缺乏自知之明，以它如此狭小的国土面积，有限的人口以及十分贫乏的自然资源，竟然就做起了称霸亚洲，乃至挑战西方强国的白日梦！先是偷袭珍珠港，后在中途岛和老美在海上决斗，十足是"蚍蜉撼大树，可笑不自量"。结果，把自明治维新以来好不容易积累的家底输个精光，几乎到了亡国灭种的边缘……

这并不是零星的个案，只是人性的不自知所导致的悲剧之一。

似乎真的不可思议。

两千多年前，东西方无数智者对人自身，尤其是人性的善恶美丑以及复杂变化就开始了漫长的思索。

春秋战国时期的百家争鸣，主要关注的也是人自身的修行和完善。孔子之所以感慨"古之学者为己，今之学者为人"，把修身，作为齐家治国平天下的前提，着眼点和立足点就在这里。西汉王朝开始"罢黜百家，独尊儒术"，儒家学说成为占据统治地位的意识形态，德行举止也渐成后续朝代臧否人物的根本标准，并为历代统治者及士大夫阶层所认同。官员无论职位高低，都必须是道德表率，明朝的政治强人张居正，就是因为没能守丧尽孝，成为他后来的一大罪状。但是，这也只是一种教化之道，很大程度上要靠人的自觉和悟性，并不是一种制度化的硬约束机制。事实上，古往今来就有许多饱学之士沦为无耻之徒，如唐代以"口蜜腹剑"著称的宰相李林甫，清代乾隆时权倾朝野德行不端的内阁首席大学士和领班军机大臣和珅，都是以士族败类的结局被钉在了历史的耻辱柱上。

到了现代社会，科学理性日益昌明。英国的斯图尔特·密尔、亚当·斯密等经济学家从现代经济学原理上，剖析人与生俱来的自私本性。心理学方面则先有美国的西格蒙德·弗洛伊德，后有亚伯拉罕·马斯洛，都从本能和需求上对人性进行断层式分析，并且认定一般情况下必是如此。一些文学大师，如俄国的列夫·托尔斯泰、法国的维克多·雨果、英国的威廉·莎士比亚以及我们中国的鲁迅，则是通过他们的作品和人物，展示出人性的善恶美丑。而在世界上影响最大的，还是美国被誉为20世纪最伟大的人类心灵导师的戴尔·卡耐基。他博采众家之长，专注于人性的优长和弱点，以通俗易懂的笔触和案例式分析，从人际关系的角度和成功学的高度，来解剖人性的利弊得失。其著作风靡全球，被誉为成功励志经典和"人类出版史上的奇迹"。

但是，客观地说，相比于现代医学，特别是解剖学、病理学和影像学对人的自然生理状况的透析和把握，人类对自身世界及其错综复杂的变化，以及人性的优点和弱点的认知上，还是落后了许多。个中缘由，在于肢体之病易明，心中之情难断。所以世界各国，无论政界还是商界，均知选才用人是事业兴衰成败的第一要务，但都还停留在感知的水准，也许清楚所需和标准，却无言借助现代科学技术手段解决问题。不然你就很难理解，现代西方的所谓民主政治何以风光不在，且逐渐沦为民粹泛滥、效率低下的代名词，原因之一是套路依旧，手段未及更新。

18 世纪英国杰出的哲学家、经济学家和历史学家，苏格兰启蒙运动和西方哲学最重要的人物之一大卫·休谟，28 岁时出版了他自认为最重要的一部著作《人性论》，不但未能引起期望的"轰动效应"，面对的竟然是"死在印刷机上"的悲凉，而且成为他谋求爱丁堡大学伦理学和圣灵哲学教授的绊脚石……此种艰辛境遇，几乎使年轻的思想家休谟精神崩溃，以致不得不放下宏图理想，被迫去过凡夫俗子的生活。

可见认识自己，对人类来说是多么的艰难而富有挑战性！因此它就永远镌刻在德尔菲神庙上，作为留给我们的一个世界性的永恒话题。

第二次世界大战中，德意志之所以扮演了始作俑者和战败国的双重角色，其动机除了国力崛起的自我膨胀和屈辱复仇等情绪化的因素之外，根源还在缺乏基于常识、常理和常情的自知之明。不然德国就不会先后在英法和苏联东西两线开战。日本在占领中国东北，称霸亚洲后，依然欲壑难填，竟然突袭珍珠港，逼得美国出手参战。活生生应了一句西谚：

"上帝要让它灭亡，必先令其疯狂。"

中国当代诗人顾城有名诗句：

黑夜给了我一双黑色的眼睛，我却用它来寻找光明。

遗憾的是，眼睛都是朝着外面看，越看越觉得人家渺小，自己相当崇高，还经常是越看别人越不顺眼。

眼睛看不见自己，是人类有生以来的天然缺陷，还是造物主的责任？

现在，人们热衷于人工智能，实质上是对自身无能的一个嘲弄，说明人类几千年进化到了一个天花板，也证明人依靠自己认识自己，完善自己，恐怕是到了一个极限。但是我们必须有足够的自信，人毕竟为万物之灵，最宝贵、最重要而且是取之不尽的一种资源恰恰是人类自己，潜力还远远没有发挥出来。我们有必要，实现人类自我认知上的一场新的革命！

这一点，现代人真的感愧良多。我们主要的精力基本是"外向型"，过多地放在了资源的开发、财富的积聚、无度的挥霍方面，而忽略了在科学技术高度发达和社会进步条件下，对自身的完善和提高。

有鉴于此，笔者感慨之余，常思个中缘由，欲以中西文化之双重视角透视人性奥秘，从甲子沧桑岁月所见所闻来品味人生。然才疏学浅，只是就人与生俱来、人性之长短的某些方面和片段略抒己见，也给自己一个反省和提升的机会，并愿与读者分享。如有所启发，或以为借鉴，则聊以自慰；如能抛砖引玉，那是意外之喜；至于确否或获认同，也是见仁见智并不以为意。

真的感恩，此生遇到了如此美好的时代，能够想自己之所想，及自己之所及。还要感恩自己，有这么健康的身体和充沛的精力，能让我经受这么富有挑战性的思想磨砺。更要感谢我的妻子王蓓，玫琳凯中国第120位首席，以她的青春活力和对事业追求的激情深深地感染我，还有她对我仅有的这么一点点"特长"的看重和激励，使我走出失落和自卑，重新拥有坚定和自信，时隔几十载从官场回归著述的老本行，不至于因懈怠无求，而荒废美好珍贵的人生。也要感谢朋友们所给予的支持和关心，在此一并表示衷心感谢！

"知我者谓我心忧，不知我者谓我何求。"是为序，更愿以此期待于来者。

笔者 2018 年 5 月于美国

密歇根湖畔

# 目 录
CONTENTS

# 美与丑：感觉各不同

爱美之心，人皆有之。到底什么是美，什么是丑，由于认知角度、社会习俗和感性的不同，往往是"横看成岭侧成峰，远近高低各不同"。

据《墨子》《兼爱下》所载，春秋战国时期：

昔荆灵王好小要，当灵王之身，荆国之士饭不逾乎一固，据而后兴，扶垣而后行。①

---

①墨子：《墨子》之《兼爱下》，载唐敬杲选注：《墨子》，武汉：崇文书局，2014 年，第 37 页。

说的是楚灵王喜欢腰细的官员，所以臣子都只吃一顿饭，后来也有了"楚王好细腰，后宫多饿死"的典故。这种随俗好瘦之风，不亚于今天的一些酷爱减肥之善男信女，为了身材不惜节食甚至"绝食"。

到了中国的盛唐时期，审美观发生了一些变化。由于李唐家族是马上征战得天下，举国皆以彪悍威武为荣，所以男子的壮硕和女子的丰腴蔚为时尚。从"安史之乱"的主角安禄山，到"回眸一笑百媚生"的杨玉环，全都是这模样，所以后人概括说唐是"以肥为美"，确是精到。

一方面受时代和习俗的影响，另一方面是审美的主体动因和角度的不同，感觉上就有千差万别，商代的妲己以骄奢淫逸遗臭万年，当时是举国上下对其恨之入骨，但是在商纣王的眼里，那就是国色天香，人生难得的宝贝，所谓情人眼里出西施，说的就是这个道理。

美丑不仅是给别人看的，有时也是一种自我感觉。一个人可能容貌一般，但是坦荡自信，事业有成，谈吐不凡，自会是"腹有诗书气自华"的别样风景。这方面最有说服力的案例当然是马云。因为无论他自己，还是别人，都曾经为他的长相有点纠结，并且现在还经常成为人们调侃的话题。但他的不凡之处，在于用后天的内涵和气质成功地弥补了这也许算不上不足的"不足"。他的演讲经常是座无虚席，已没有太多人关注他长得怎么样，人们更多地欣赏的是他的思想内涵和人格魅力！

事实上，人性对美与丑认识和把握的陷阱往往是爱屋及乌，有时甚至接近盲目。就像是罗贯中的《三国演义》，写到张飞就是——

身长八尺，豹头环眼，燕颔虎须，声若巨雷，势如奔马。①

写到关羽就是——

身长九尺，髯长两尺，面如重枣，唇如涂脂，丹凤眼，卧蚕眉，相貌堂堂，威风凛凛。②

这一看就是生动的富有夸张色彩的文学笔法，别说是与真正现实的人，就是与史学著作《三国志》所述也有相当的距离，是一种对人物的理想化的描述而已。

真实的情况是：伟人未必美男子，貌不惊人是奇才！拿破仑是近代欧洲叱咤风云的人物，但他的确貌不惊人，尤其是身高实在对不起观众，只有一米六八，还达不到当时欧洲人的平均身高。观其一生，尽管战场得意，情场上却相当失意，心中的至爱，竟然就是那个经常给他戴绿帽子的约瑟芬。这个风流女子看中的压根不是他的样貌，而是想找个方便自己享乐的靠山和金库。所以战场上的拿破仑经常一边写情书，一边为她歇斯底里……即便如此，也并不妨碍他被公认为那个时代的伟人，胆略和气魄，不屈不挠的精神以及杰出的军

---

① 罗贯中：《三国演义》（敕注本），北京：中央编译出版社，2014年，第6页。
② 罗贯中：《三国演义》（校注本），北京：中央编译出版社，2014年，第7页。

事指挥才能，才是他真正的魅力所在。同样，从列宁到孙中山以及罗斯福和斯大林还有巴尔扎克、毕加索、加加林和迈克尔·杰克逊，大都没有高大伟岸的身材，但这丝毫不影响他们是公认的杰出人物，因为外貌并不会和才能以及人生价值成正比。

所以古今中外，把美与丑绝对化，仿佛美则不胜收，丑就目不忍睹，实在是历史长河中的笑话和人性的悲剧。理性的认知是，你必须能够真正接受缺陷美，如同不完美的人生才是真正的人生。这总能让人想到女神维纳斯的雕像，她那"残缺的美"是最动人之处。她的断臂除了让观赏者感到惋惜之外，更多的是给人们留下了无限的想象空间，让人们用心灵和感受去填补空白，这是断臂所带来的残缺之美的妙处，这又何尝不是一种完美。

这个世界渴望丰富多彩，所以美丑并不像善恶那样有好坏之分，如同我们去了一个从未到过的国度，假如遇到的都是演员和模特，那一定会以为是走错地方到了好莱坞或宝莱坞！美，或者是大多数人的渴望，但是千万不要忘记，丑，也是一道独特的风景。英国著名喜剧大师查理·卓别林，出身贫寒，历尽坎坷，天生与高富帅无缘，就是靠喜剧小丑形象征服世界，成为 20 世纪最成功的喜剧大师。可是假如他和格利高里·派克一样帅得迷人，说不定就永无出头之日，因为复制和模仿乃是平庸的代名词，世界电影艺术也会缺了一份诙谐和快乐。还有法国作家雨果在其名作《巴黎圣母院》

美丑不仅是给别人看的，有时也是一种自我感觉。

中根据美丑相映原则塑造的"善的化身"，就是那个让世界几千万读者为他洒泪的卡西莫多，可是丑到极致：几何型的脸，四面体的鼻子，马蹄形的嘴，参差不齐的牙齿，独眼，耳聋，驼背……似乎上帝把所有相貌上的不幸都给了他，但这并没有妨碍他成为一个集正义、崇高、铁汉和柔情于一身的大写的"人"。

爱美之心，人皆有之，但福祸相倚，不能一概论之，关键要看际遇和结局。上下几千年论美女知名度，恐怕谁也比不过唐朝的杨贵妃，不然怎会有大诗人白居易为她写下《长恨歌》。这首长篇叙事诗，洋洋洒洒长达 840 字，这在惜字如金的唐诗宋词中称得上罕见之作。这首千古名作的意境和文学水平可谓是空前绝后，以至于人们都淡忘了李白和杜甫也分别为这个女子写过《清平调》和《哀江头》。白乐天的诗，淋漓尽致写出了英雄美人的悲欢离合，悱恻动人，千古一绝。唐玄宗李隆基何等人物，他在位近半个世纪，拨乱反正一举结束武则天退位后的政治混乱局面，励精图治把大唐推到了开元盛世。为啥就到了"春宵苦短日高起，从此君王不早朝"的程度？还不是因为号称"中国四大美女"之一的杨贵妃。谁知这段千古绝唱，竟然因为安禄山一阵渔阳鼙鼓发动"安史之乱"，盛唐就此由盛转衰，唐玄宗率家眷从长安城仓皇出逃，杨贵妃也香消玉殒于马嵬驿的乱军之中，包括杨国忠在内的杨氏几代人也盛极而衰，尽被诛杀殆尽。

贵妃有大美，也难逃祸福相依的循环定律，谢幕后留下的是"天长地久有时尽，此恨绵绵无绝期"的千古绝唱。后人哀之鉴之，大可不必医美而喜极，也不应因丑而过悲，关键是活出自己的个性和风采，以及心中应有的喜乐。

# 善与恶：人生的双刃剑

人"生之所以然者谓之性"，除了"食色"这一基于自我的生理需求，表现在社会性上，大概就是善与恶了。

人之初，性本善还是性本恶？是古今中外圣哲争论不休的话题。

孟子旗帜鲜明地认为性本善。他认为人在本能上就有恻隐之心、羞恶之心、恭敬之心、是非之心，而且是自在天成。明代大儒王阳明在此基础上，更生动地创立了以"致良知"为核心的阳明心学，美国哈佛大学杜维明教授也说五百年来，儒家的源头活水，就在王阳明。

但是，战国时期的荀子和韩非子，就认为"性本恶"，在《性恶》等篇章中说："人之生，故小人"，强调"人之性恶，其善者伪也"。

在西方，许多的思想家，也都对人性之善恶各抒己见，莫衷一是。

斯多葛学派的代表人物之一，古罗马皇帝马可·奥勒留就宣称：

善的源泉是在内心，如果你挖掘，它将汩汩涌出。[1]

作为西方哲学公认的三大理性主义者之一的斯宾诺莎及其同伴也相信，趋善避恶是人的本质和本性。

但是，犹太教、基督教相信，自从亚当、夏娃在伊甸园偷吃了智慧果，人类就犯了"原罪"，所以"人从小时心里怀着恶念"。

善恶，在人类的历史长河中，从来都是相对的，并无绝对的泾渭之分。

六经注我，我注六经，站在不同的角度，面对不同的社会环境和遭遇，侧重某一阶段或者方面，都会对人性之善恶在道德范畴上有不同的判断。

孟子持性本善说，更多是着眼于"人之初"童稚的可爱天真；荀子之所以认定"性本恶"，从根本上说，是环境使然。

---

① [古罗马] 马可·奥勒留：《沉思录》，载张昌华、汪修荣主编：《世界名人名篇经典》，哈尔滨：北方文艺出版社，1995年，第245页。

同样，使命和需要不同，对人性的关注点也不同，孔子一生以人伦教化为使命，当然要着眼于人的可塑型；而孟德斯鸠在人类历史上高扬起"法的精神"，并且铸成现代法治社会文明的基石，着眼点和出发点都是人的"不靠谱"。

从现代社会学和心理学的角度来看，人之初就像一个襁褓中的婴儿，谈不上有善恶美丑之分。恰恰是社会的环境与影响，赋予它的不同和变化。就像是清洌的山泉水，喝到嘴里是啥滋味，有什么营养，还要看采制方法，保存在哪，啥时候喝。就如再好的食材，烹调不得法，也无法成为美食。记得当年在马尔代夫，开了小船到外海去，在如画的风景中钓了几条海鱼，回到酒店就幻想着真正的野生海鱼的美味。可当地的人用水煮了下就端上来，吃起来索然无味，这时候，真的想起中华美食的好来。

由此可见，人性本无辜，关键看养育它的环境和条件。就像是一张白纸，是被捏成一个没用的纸团扔进垃圾桶，还是被黄公望遇上，在上面画出《富春山居图》而成为艺术珍品，就看这张纸的运气和境遇。

无论是自然的、社会的环境和人际的氛围，都对人性生成有决定性影响。春秋战国时代齐国名相管仲对此高度概括为"仓廪实而知礼节，衣食足而知荣辱"。环境，不止是自然条件，人伦教化的熏陶和精神的传承也很重要。千百年来动物界种类繁多，为何只有人进化到如此这般境界而成为文明主宰？按道理说，人只不过是其物种之一，且很多方面功能还不如其他动物。猛不如虎，飞不如鹰，寿不如龟，潜不如鱼，究其根本，是因为人类具独有之文明传承基因，生成后来进化之美景。所以动物只能驯化，而唯有人能教化。按英国生物学家赫胥黎的研究结论，人类当年和其他动物没什么两样，同样经历了达尔文所说自然界的物竞天择，适者生存的循环天演，就脱颖而出遂为万物之灵。从这个角度上说，人性这块顽石贵在雕琢。孔子说"孺子可教也"，王阳明讲"遍地都是圣人"，大概都是这个道理。

　　从某种程度上说，人呱呱坠地也就是个纯净天使，但逐渐成年进入社会，就有了善恶的分野。希特勒当年不过是出生在奥地利的一名普通热血青年，参加一战时也不过是巴伐利亚步兵团的一个陆军下士。要不是有纳粹党，以及德国因为战败举国上下而形成的屈辱悲愤和复仇情绪，他也许就退伍还乡过小日子去了，哪会转身成为发动二次世界大战的恶魔？还有民国时期的袁世凯，应当说在清末他是个开明重臣，小站练兵那也是中国陆军现代化的开端；辛亥革命"南北议和"成功，亚洲第一个共和国的诞生，近代中国能避免社会制度急剧转型常见的腥风血雨和生灵涂炭，他也发挥了一定的作用，也体现了一个末代封建王朝开明权臣面对浩浩荡荡的世界潮流的睿智和清醒。但是，他登上大总统之位后，人性的贪婪、专断和肆意妄为原形毕现，悍然自毁执政法理根基而行"洪宪帝制"，结果83天就呜呼哀哉。国家从此也就群龙无首，而完全失控，开始进入了历史上民不聊生的北洋军阀混战时期。

说人之善恶是环境的产物，并不否定人性之根本与形成，还是要通过内因来起作用，还要看自己的修行，这也是当年梁启超声讨袁世凯称帝，恨其不能成为"中国华盛顿"，因一己的人欲泛滥，而致举国陷入无妄和纷乱之深重灾难的愤懑所在。大明王朝昏君迭出，纲纪紊乱，但也有王阳明这样的千古能臣，因为他相信，"无善无恶心之体，有善有恶意之动，知善知恶是良知"，是他强大的内心智慧战胜了衰敝的世风和恶劣的环境；19 世纪下半叶的大清朝，内忧外患接踵而至，国家完全是走下坡路，但并不影响曾国藩、左宗棠这些英才逆流而上并光耀史册！

显然，人性的善恶，在环境，也在人心，在某种程度上彼此也会消长互动。

# 喜与忧：多层的质感

喜忧为人之常情。

中国文化被称为"喜文化"，逢年过节都张灯结彩，以至于连办丧事，也和办喜事一样，被并称为红白喜事。

在中国的成语里，和喜字相关的不少，喜气洋洋、喜出望外、喜笑颜开……

但是还有一个成语，叫"喜忧参半"，是中国古典智慧的结晶。说的是这两种情感的关联度很高。曾国藩就说：

古之君子，盖无日不忧，无日不乐。道之不明，己之不免为乡人，一息之或懈，忧也；居易以俟命，下学而上达，仰

所谓精气神，大多从喜乐中来。

不愧而俯不怍，乐也。自文王、周、孔三圣人以下，至于王氏，莫不忧以终身，乐以终身。①

　　人无喜气，断无生机，所谓精气神，大都从喜乐中来。孔子就说："学而忘食，乐而忘忧，不知老之将至。"果不其然，在春秋战国那个时代，人均寿命只有三十岁左右，而孔老夫子竟活到了七十多岁，是那个年代当之无愧的"寿星"。须知孔子虽被后世尊为世界文化名人，但在当时并不得志，衣食有时都成为问题，学生们不理解就发牢骚，他就说"君子固穷"。看看，这是何等的乐观和洒脱！也许是精神上的博大富足，使物质上的匮乏变得微不足道。

　　清末民初的著名启蒙思想家梁启超，1928年在给女儿梁思顺的信中就说自己有极通达、极健强、极伟大的人生观，常常是乐观的。梁启超自从戊戌变法失败流落东瀛十几年，在异国他乡过着颠沛流离的生活，却时时以自乐、自信和自得自勉，先后兴办《新民丛报》等报刊，普及现代西方文明学说，一纸风行天下，奠定了他作为近代著名启蒙思想家的历史地位。梁启超晚年倡导"趣味主义"，在东南大学面对暑期学员演讲时，他说："凡人必常常生活于智慧之中，生活才有价值。"有人问他信仰的是什么主义，答曰：趣味主义。他说："我生平对于自己所做的事，总是做得津津有味，而

① 曾国藩：《圣哲画像记》，载大一国文编撰委员会编，刘东导读：《西南联大国文课》，南京：译林出版社，2015年，第92页。

且兴会淋漓，什么悲观，厌世，这种字面，我所用的字典里头，可以说完全没有。"

快乐才是人类幸福的源泉，似乎与权力和财富没有什么必然的联系，甚至可能完全相反。因为真正有成就的人，意味着更多的社会责任和奉献，与平常人的享乐大多无缘；也并不在乎别人怎么看，完全是一种自我感觉和认同，正像宋代词人辛弃疾所言：

城中桃李愁风雨，春在溪头荠菜花。

与快乐真正相关的要素是：首先是基本生理需求的满足，就是平常所说的衣食无忧。大诗人杜甫可以在"八月秋高风怒号，卷我屋上三重茅"时写下千古名句，也算是对苦难的一种补偿，但对一般人来说却没这雅致闲情。说北欧的人幸福感强，并不是他们国力有多么强大，而是人民的幸福生活指数高；体面和尊严会让人增加快乐和幸福感，包括社会和周围的人对其才能和魅力的认同，对其存在感的看重。对幸福和快乐的认知水平和感受能力也十分关键。是否具有阳光心态也很重要，即对现实有客观的认识和判断，做到随遇而安，多感受些正面的因素，以及向正面转化的一些态势。

"事能知足心常惬，人到无求品自高"，快乐，往往不是拥有的多，而是欲望相对比较少。

与喜乐相对的是忧愁。人与生俱来都想着平安快乐、衣食无忧，但有时境况是客观的，许多事始料不及，哪让你还来得及选择？就像唐代大诗人李白的咏叹调："抽刀断水水更流，举杯消愁愁更愁。"人生不如意者十之八九，或相逢于乱世，如孔子在春秋礼崩乐坏之世；或不容于当时，怀才不遇，如屈原之于楚怀王，以致最后的归宿是汨罗江；或虽遇汉文帝如此圣主，却因为官场利益和矛盾交集，而又"不能自用其才"，这就是西汉的贾谊，"一不见用，则忧伤病沮"，郁郁而终。

　　但许多人面对逆境，却释放出强大的正能量。初唐四杰之一的王勃在千古流传的〈滕王阁序〉中，就有豪迈的情怀抒发于世："老当益壮，宁移白首之心？穷且益坚，不坠青云之志。"北宋名臣范仲淹，在《岳阳楼记》中也有"先天下之忧而忧，后天下之乐而乐"的脍炙人口的千古名句。南非的纳尔逊·曼德拉，被囚禁在罗本岛上18年，在监狱那些孤寂冷清的日子里，他也会从狱警身上看到若隐若现的人性，足以使他恢复信心并坚持下去。正因如此，他才能在风雨中拥抱自由，用坚韧和自信改变了自己的人生和南非的国家命运。

# 苦与乐：因果关系论

　　无论是东方的佛教，还是西方的基督教，其立意和根基，都认同人与生俱来，必与苦乐相伴。

　　看看 2017 年 11 月，沙特那些过惯了骄奢生活的王子们，一夜之间被反腐浪潮刮进了利雅德丽斯卡尔顿酒店。尽管这是个五星级酒店，但这一帮子富可敌国却失去了自由的王子们，不知道住进去是啥滋味。

　　苏轼早就说过：

　　人有悲欢离合，月有阴晴圆缺，此事古难全。

　　这位吟诵过无数千古绝唱的大才子，身处北宋神宗和哲宗开明之世，曾任翰林学士、侍读学士、礼部尚书等职，20 岁与弟苏辙中同榜进士，当时主考官欧阳修评价他"他日文章必独步天下"。果不其然，后来的唐宋八大家中，他苏家父子就占了三位，而他论才名确应居首！这个大才子的一生可不怎么美妙，竟是与颠沛流离和贫困潦倒相伴，按他自己在《定风波·莫听穿林打叶声》诗中所说"归去，也无风雨也无晴"。

于此，可知人生的苦乐无可选择，关键是怎么对待。

孟子就认为苦难是成长的摇篮："故天将降大任于斯人也，必先苦其心志，劳其筋骨，饿其体肤，空乏其身，行拂乱其所为，所以动心忍性。曾益其所不能……然后知生于忧患，而死于安乐也。"

纵观古今中外人才之成长，真的是艰难困苦，玉汝于成，验证了孟子的睿智论析。

昔越王勾践卧薪尝胆，十年生聚，十年教训，终于灭吴称霸。同样是苏轼，尽管他一生仕途上三起三落，备受磨难和艰辛，生活上也屡遭不幸，虽少年得志，却中年又丧子，后来妻子又病没于颠沛流离之中，唐宋八大家中他是罕见的苦命之人。也许正因如此，才"曾益其所不能"，苦难使他拥有了超乎寻常的乐观豁达和物我两忘的境界，粮食不够就躬耕自足，颠沛流离就寄情山水，远离富贵喧嚣，把一般人看起来挺苦的日子过出了自己的别样风景，现在杭州西湖四大名菜"东坡肉"，就是他在黄州发明并带过去的。除此之外，东坡羹、东坡饼、东坡玉糁，还都是他的美食杰作。可以说特殊的经历和生活道路，成就了他对生活的热爱和至诚，使他有限的生命，放射出无限的光华！

被贬黄州团练副使，心灰意冷之余，他仍写下了《赤壁赋》《后赤壁赋》《念奴娇·赤壁怀古》等千古名作。一生屡次被贬，苦难为伴，却创作了数以千计的诗词、散文，还有大量的书画，具有深刻的思想内涵和独特的艺术风格，被誉为一代文宗。

于此可见，有时，也许真的是国家不幸诗人幸，大灾大难出大才。

但这往往是对超凡脱俗的人而言，就一般人而论，恐怕还是想过点太平的日子，并不想去通过遭遇苦难这个过程去流芳千古。

毕竟，天才是极少数，大多数人只能平平淡淡过点小日子。而且在现代社会，许多国家没有什么内忧外患，照样也人才辈出，无论是科学技术水平，还是精神话语权，都站在人类的巅峰，说明苦与乐未必是绝对的。

苦为乐之果，乐为苦之源。

就国家而言也是如此。艰难困苦，往往玉汝于成；功成名就，登上辉煌之巅，恰成衰落和覆亡的起点。

所以，举凡一国家、民族乃至个人，能否经得起苦乐因果转换的考验，乃是兴衰成败的关键。

# 食与色：欲望号街车

饮食男女，人之大欲存焉。

这话可不是一般人说的，是孔子。

一语道出人之所以为人的特征和本质。孔子之所以为孔子，不是因为他是神，关键他是一个自然、也很亲切的人！虽然跨越几千年时空岁月，还觉得他离我们并不遥远。因为他想到了，说到了我们心里！

孟子作为他的精神继承人，又把这个上升为"食色性也"的高度。

据《论语》等史籍记载，孔子很重视饮食。他并不富裕，虽然曾经官居鲁国大司寇，但好像那时候公务员的待遇也不高；办学很成功，高峰期有三千弟子，七十二贤人，但都是公益或慈善性质，有的学生连学费都交不起，就拿块腊肉来也算数；晚年诲人不倦，孜孜以求，但是连退休待遇也没有。

他夸奖最得意的大弟子颜回"一箪食，一瓢饮，在陋巷，人不堪其忧，回也不改其乐"，弟子跟着过成这样，老师能好成啥样？

即便如此，孔子还是主张：

食不厌精，脍不厌细。食饐而餲，鱼馁而肉败，不食。色恶，不食。臭恶，不食。失饪，不食。不时，不食。割不正，不食。不得其酱，不食。肉虽多，不使胜食气。唯酒无量，不及乱。沽酒市脯不食。不撤姜食，不多食。祭于公，不宿肉。祭肉，不出三日，出三日，不食之矣。[1]

虽然是针对祭祀备食说的，却体现了孔子"食不厌精，脍不厌细"的，以"洁美"和"适度"为核心的美食观。他所说的"八不食"，就是不新鲜的食物，颜色不好看的食物，变味的食物、烹饪方法不当的食物、反季节的食物、刀工不好的食物、佐料放得不合适的食物、外面买回来靠不住的食物他都不去吃。

这些看法和观点，放在今天都不落后。

---

[1]《论语》之《乡党第十》，载李丹编著：《快人一步读名著》，北京：北京工业大学出版社，2015年，第161页。

食色不仅是世像，更是人心。

更可贵的是，他们坦诚食色乃人之本性，是人性美的重要组成部分，它既维持了生命存在所必需的养分，又满足和提升了人的精神品味和需求，是一个人因生活正当而性情正常的基础和条件。

研究中国史的专家发现，中国古代的太监之所以多为作恶之人，与生理上被阉割，又无相亲相爱的家庭生活有很大关系。所以对一般社会来说，某种程度上，饥寒交迫和穷凶极恶恐怕就是相互转换的词，乱世之秋尤甚。至于像伯夷、叔齐耻食周粟，抱志守范，采薇而食，最后饿死于首阳山，毕竟是极少数的人。

食色既为人之本性，按理应当得到正常的满足，无所谓罪恶可言，还可作为衡量一个社会发达开明的标准。

食色不仅是世像，更是人心，悠悠万世，唯此为大，高明之处，道在中庸。

# 灵与肉：互动与依托

　　人是具有自然属性（肉体）和社会属性（灵魂）的统一体。两者的关系，是人类认识自己生生不息的永恒话题，毫无意外地成为文学和影视聚焦的主题和题材之一。

　　他找到马圈……像初生的耶稣一样睡在木头马槽里，月光斜射进来……他哭了。狭窄的马槽夹着他的身躯，正像生活从四面八方在压迫他一样……一匹马吃完了面前的干草，顺着马槽向他这边挪动过来。它尽着缰绳所能达到的距离，把嘴伸到他头边。他感到一股温暖的鼻息喷在他的脸上。他看见一匹棕色马掀动着肥厚的嘴唇在他头边寻找槽底的稻粒。

一会儿，棕色马也发现了他。但它并不惊惧，反而侧过头来用湿漉漉的鼻子嗅他的头，用软乎乎的嘴唇擦他的脸。这阵抚慰使他的心颤抖了。他突然抱着长长的、瘦骨嶙峋的马头痛哭失声……①

　　这是著名作家张贤亮，在新时期反思文学成名作之一《灵与肉》中感人肺腑的描述，深刻反映了当代中国知识分子在特定历史时期，精神与肉体遭受痛苦折磨时的生存状态和内心焦灼。后来根据小说由李准改编，谢晋执导的电影《牧马人》上映时，感动了那个时代的无数人，并在 1983 年获得"第 6 届大众电影百花奖最佳故事片奖"和"文化部优秀影片奖"，主演朱时茂和丛珊也因此一举成名，成为改革开放初期令人难忘的影像记忆。

　　人的肉体虽然是自然生成，但也无限宝贵并应当珍视，因为无论贫富贵贱，生命对于一个人来说，毕竟只有一次。

　　日本著名作家村上春树认为："肉体是每个人的神殿，不管里面供奉的是什么，都应当好好保持他的坚韧、美丽和清洁。"

　　事实上，他也是这么做的，并且因此成为许多人崇拜的偶像。他从美国夏威夷的考爱岛，到马萨诸塞的剑桥；从日本村上市的铁人三项赛，到希腊马拉松长跑古道……几十年如一日，天天坚持长跑,他所著的《当我谈跑步时我谈些什么》，

---

① 张贤亮：《灵与肉》，贵阳：贵州人民出版社，2013 年，第 88—89 页。

被世界各地众多长跑爱好者誉为"跑步圣经"。

今天的人，看到古希腊《克尼多斯的阿芙罗底德》《米洛斯岛的阿芙罗底德》《拉奥孔》等人体雕塑作品，顿觉心灵震撼。他们那么热爱肉体，拥抱生命，追求健美的体魄与健全的灵魂和谐统一，讴歌了人的智慧和力量，显示了人的高贵和尊严。在古希腊人眼里，人本是自然界的一部分，是最具魅力的审美对象。他们心中理想的人物，不仅要有善良的心灵和敏锐的头脑，还要血统优越、发育良好、比例匀称、身手矫健、擅长各种运动。

正是因为伟大的精神寓于健康的身体，古希腊人在为人类社会开创了一个奥林匹克运动的同时，还贡献了苏格拉底、柏拉图、亚里士多德这些伟大的思想家，使古希腊哲学和科学成为"世界的导师"，让我们人类得以在心智上早些成熟，摆脱无知和愚昧。而村上春树也得益于他的健康和活力，才成为当代日本高产并且颇有成就的文学家，近四十年间，他文思泉涌，快乐耕耘，完成了以长篇小说为主的五十多部文学作品，并被翻译成世界上几十种语言出版，多次成为诺贝尔文学奖热门候选人。

不可否认，在人类历史上，确实是有像史蒂芬·霍金这样在轮椅上坐了半个多世纪的科学巨人，但像他那样有成就的人毕竟是凤毛麟角。对一般人而言，得了这种被列为世界五大绝症之一的渐冻症，人生就是一场毁灭性的灾难。

肉体尽管是原始、自然甚至显得有点粗俗，大多数人还是很珍惜它的存在，并渴望健康，唯恐可怜的躯壳会嘲笑伟大的灵魂。毕竟，物质是精神的真正载体，皮之不存，毛将焉附？所谓灵魂永在，只是一些哲学家、思想家或者如基督教等宗教信仰中的主张和愿望而已。中国南朝梁武帝时的范缜为此专做《神灭论》一文，主张形神一体。

神即形也，形即神也。是以形存则神存，形谢则神灭也。①

千万别看不起自己的肉体，它是本体、是现实、更是精神和成就的唯一载体。

在纽约、在巴黎、在悉尼，清晨时光，就已经有许多人在健跑的路上；而到华灯初放，在这些大城市的健身房和瑜伽房里，仍有数不清的追求和崇尚健康的人，在这里锻造着他们的梦想：快乐和健康！

而伟大的奥林匹克运动会，依然是全人类超越国界、种族、社会制度和意识形态的共同向往和超凡赛事，目的就是为了人类自己的更快、更高、更强！

正像著名作家杨绛所说：

人有两部分，一是看得见的身体，一是看不见的灵魂。灵魂的美恶，不体现在肉体上。②

所以据人类学家的研究，早在几万年以前，人类的祖先

---

① 范缜：《神灭论》，载陈中凡选注：《汉魏六朝散文选》，北京：中华书局，1962年，第210页。

② 杨绛：《走到人生边上》，北京：商务印书馆，2007年，第25、92页。

肉体是每个人的神殿，不管里面供奉的是什么，
都应当好好保持他的坚韧、美丽和清洁。

就开始关注灵魂的有无，到了今天，灵魂已上升为一种事关人性和人生的哲学、宗教和伦理问题。

灵魂从生理学的角度来看，是大脑特定神经细胞的一种生理或心理性活动，也是一种物理和化学反应，特别的表现是某种情况下或特定时刻生命的瞬间涌流或者幻觉和错觉。灵魂在社会学意义上，特指某些能够主宰整个精神和价值取向，包括宗教、信仰、思想和行为的一种非物质力量。灵魂在文化意义上是指某种人文成果的积淀和传承，并对特定的社会群体具有决定性影响和作用。灵魂在宗教领域，或者一些民间习俗里，被认为是一种超自然和社会的力量，并且是不朽的。

灵魂，更多的倾向认同它是依托于肉体，但又相对独立的一种精神世界及其构成。虽然它是建立在身体的物质基础上，但又是超越于肉体的万物之灵，并且对提升人性和人生品质具有更重要的甚至是决定性作用，也影响人类文明和进步历程。这让人想起富兰克林·罗斯福：这位有着显赫的家族背景，毕业于哈佛名校，事业如日中天，正值盛年的律师因为在扑灭一场山火后，跳进了冰冷的海水去冲洗，由此患上了严重的脊髓灰质炎症，并终身残疾……但这未能影响他继续编织人生的梦想，因为远大的理想和信念，给了他顽强不屈的精神力量！无论竞选州长和总统，他面对对手对自己肉体残疾不能正常理政的攻击，都会豪迈地告诉选民："你们选他不是因为他是杂技演员，能前滚翻或者后滚翻，而是能为人民造福。"

　　正是这样的豁达、乐观和坚韧，罗斯福在 1933 年经济大萧条席卷全美之时，临危受命挽狂澜于未倒，成为美利坚合众国第 32 任总统，也是美国历史上第一位坐在轮椅上的总统，也是打破美国宪法规定连任四届的总统！他对内实行凯恩斯主义，加强政府干预，把美国从经济危机中拯救出来；对外牵头建立由英法美苏中等 26 个国家组成的国际反法西斯同盟，最终取得第二次世界大战的胜利，在建立确保战后和平的"雅尔塔体系"和联合国机构，使人类至今能够拥有七十多年的和平局面发挥了决定性作用。历史学家和政治学家认为他是与华盛顿和林肯齐名的三位伟大总统之一，作家爱德华·史密斯从肉体残疾和灵魂高贵两方面描述了罗斯福："他把自己从轮椅上举起，把整个国家自屈服中解放。"

　　在人类历史上，有无数的类似罗斯福总统的案例，诠释了人的灵魂能够超越肉体局限的生动和高贵。

　　健全其体魄，文明其精神，一直是人类孜孜以求的理想，正如世界卫生组织对人类健康所下的最新定义："健康乃是一种在身体上、精神上的完满状态，以及良好的适应力，而不是没有疾病和衰弱的状态。"也就是说，一个真正健康的人，必须是体质健康、心理健康、适应社会和道德健康四个方面的健全。但是，我们必须看到，生理健康以及人均期望寿命涉及的因素很多，有先天的遗传，还有生存环境，包括自然环境和社会安定度以及营养状况和医疗水准。

　　中国从 1984 年参加第 23 届洛杉矶夏季奥运会开始，在金牌榜和奖牌榜上始终名列前茅。特别是在 2008 年北京奥运会上，中国以 51 枚金牌总数排第一。这都有力地证明了中国人已经彻底甩掉了"东亚病夫"的帽子，是一个拥有 13 亿多人口的大国从站起来到富起来和强起来的标志之一！

现今我们面对的严峻挑战之一是灵魂的塑造和成就，是人性打磨最重要的顶层设计和高端工程。所以孟子讲人的自我完善，就没有说谁官有多大，生活多么富裕，而是说在面对富贵、贫贱、甚至是生死的时刻，真正的"大丈夫"都要有"浩然之气"，全是精神层面的东西。而在他之后由北宋程颢开其端，南宋陆九渊发扬光大，王阳明总其成的"心学"，倡导"格物致知""知行合一"，心中有天理，念中无私心，从而成就有规矩而成方圆的完美人生。而从范仲淹"先天下之忧而忧，后天下之乐而乐"的豪迈胸襟，到文天祥"人生自古谁无死，留取丹心照汗青"的激情壮怀，无不闪烁灵魂对肉体超越的光芒，并对后世尤其是作为中国历代的传统士大夫阶层产生了深刻的影响。

# 感觉和常识接近真理

　　身处互联网时代的现代人，是幸运的也是不幸的，因为他面对的是一个前所未有的资讯发达、同时又是被各类资讯充斥得纷繁复杂的社会。

　　说啥的，咋说的都有，且极有煽动力，仿佛都是真理，至少很有道理。人生导师、职业规划、社会纵横，情爱宝典，要啥有啥；还有无所不在的微信平台，特别是朋友圈，排山倒海般的涌来，影响力前所未有，只让你感觉是到了一个言论主张五颜六色，如火山喷发的时代。

　　行动上的影响力也不可忽视。"遍地英雄下夕烟"：政界领袖、实业精英、互联网大咖，轮流变换着的首富排行榜……他们不但是事业上的佼佼者，还借助着现代科学技术，特别是互联网平台，满足着人们对自己强烈的好奇心，不停在各种场合传播着自己成功的法则和"密码"。在这方面，马云颇为出色，恐怕他将来被人们所难忘的，不只是创办了阿里巴巴电商平台，从根本上改变了人们的生活特别是购物与支付方式，更重要的是在当代社会以理念引领了世界，而中国近代以来，就缺了这重要的一课！

听谁的，不听谁的，路往哪走，不往哪走，该怎么办，不该怎么办，信息量太大，有点让我们为难。

难有难的办法，考验我们的水平，因为在某种程度上选择比努力还重要。谁都知道闭目塞听那几乎就是落后的代名词；但也不能偏听偏信，人云亦云，更不能盲目迷信，照抄照搬。纵观人类社会发展史和古今人才成长史，后两种情况的危害要远远大于前一种情况。

脑袋要长在自己的肩膀上！

理性的飞翔，大体上要有两个翅膀：感觉。谈恋爱的人常用一个词，叫做"没感觉"。婚姻乃人生大事，事关自己乃至家庭幸福，甚至关系一生的生活质量，但只用了"感觉"两个字，并且把它作为登上自己恋爱婚姻"客船"的那张船票，没这个都免谈，其重要性显而易见。所谓"对牛弹琴""话不投机半句多"，说的都是这个道理。

感觉重要。条件反射就像是战场上合格的将军身处险境下，就会有一种莫名的忐忑不安、甚至是相当的恐惧感。晚清中兴名臣曾国藩，不仅成就大业，也以知人善任著称，他认为"办事不外用人，用人必先知人"。事实上古今中外，成事难，用人更难，知人难上加难！怎么知人？他总结的"邪正看眼鼻""真假看嘴唇""功名看气概""富贵看精神""条理看语言"等，说到底，还是个感觉问题。现代科学技术特别是人工智能有如此进步，但没见到用在谈婚论嫁上面，或者选才用人方面，说明了感觉的重要和不可替代。

但是如何避免把感觉与错觉混淆是个问题。

这更多的还是要依赖于另一个翅膀：常识。常识是建立在科学认知基础上，并被社会或人们所公认的一些基本规律和道理。百度上对这个词的解释是："常识"是"知识"或"技能"，这不准确。像中国春秋战国时期就有"仓廪实而知礼节，衣食足而知荣辱"之说。后来到 20 世纪初，又被美国著名的心理学家亚伯拉罕·马斯洛的需求层次理论所证实，这就是社会发展的一个基本常识，不论什么样的社会制度、意识形态或者宗教信仰都概莫能外。它告诉人们：一般情况下，人要先考虑生存，就是解决好填饱肚子的事，然后再上升到精神层面，追求尊严和自我实现；而且就大多数人来说，大概只能是为"生存"，就是活着或者为更好地活着而工作，真正的审美和浪漫，乃至于像李开复那样豪言"世界因我而改变"的人，永远是极少数中的极少数。

这个常识，为中国改革开放的总设计师邓小平所深感认同，并把它上升为治理一个世界上拥有十几亿人口大国的"硬道理"，一步步，推动着我们的国家，从温饱走向小康，从贫困走向富裕和文明，使当代中国的崛起，成为人类历史上一道绚丽的风景。

在这个世界上，感觉靠自己，此乃被称为人生"第六感官"的本事；常识多的是，尤其在中国传统文化中有许多精炼表述。像"物极必反""欲速而不达""胜人者弱，胜己者强""劳心者治人，劳力者治于人"等等，都闪烁着千古不息的智慧光芒。

可见，拥有正常的感觉和科学的常识，你才可能接近真理；反之，不论有什么样的激情和梦想，都未必靠谱。

# 常心、常理和常情

　　人，之所以为人，或者说能区别超越于其他动物，而抵达如此文明之境界，概因为固有之常心。

　　孟子对此有经典概括：

　　人皆有不忍人之心。先王有不忍人之心，斯有不忍之政矣；以不忍人之心，行不忍人之政，治天下可运之掌上。所以谓人皆有不忍人之心者，今人乍见孺子将入于井，皆有怵惕恻隐之心。非所以内交于孺子之父母也，非所以要誉于乡党朋友也，非恶其声而然也。由是观之，无恻隐之心，非人也；无羞恶之心，非人也；无辞让之心，非人也；无是非之心，非

辞让之心，礼之端也。

人也。恻隐之心，仁之端也；羞恶之心，义之端也；辞让之心，礼之端也；是非之心，智之端也。人之有是四端也，犹其有四体也；有是四端而自谓不能者，自贼者也；谓其君不能者，贼其君者也。凡有四端于我者，知皆扩而充之矣，若火之始然，泉之始达。苟能充之，足以保四海；苟不充之，不足以事父母。①

人之常心，源于常态化的人性，以异于禽兽也。纵观古今中外，人无恻隐之心，也即同情心，就会剑走偏锋，冷酷无情，极端暴力，甚至赶尽杀绝。从秦代的商鞅，到法国大革命时期的罗伯斯庇尔，都属此类。他们往往都打着庄严崇高的旗号，似乎肩负着国家和民族的神圣使命，具有很大的煽动性和诱惑性，最后的结果往往都是用鲜花铺就了一条通往地狱的道路，自己的结局也很悲惨！同样，人无羞耻和是非之心，就没有了做人的原则和底线，更谈不上富贵不能淫，贫贱不能移，威武不能屈了。

人之常心，出于常理，就是人类一般所公认的价值准则和游戏规则。在这个世界上，不能不想自己，但更重要的是自我的完善和发展，是"反求诸己"，而不是就盯着别人，甚至损人利己。人类历史发展证明，企图用战争或掠夺的方式、实现自己的所谓堂而皇之的梦想，绚丽而动听，但结果都事与愿违，往往是搬起石头砸自己的脚。

---

① 孟子：《孟子》之《人皆有不忍人之心》，载曾繁仁主编：《大学语文》，北京：教育科学出版社，2010年，第6—7页。

在此，有必要重温费孝通先生的十六字箴言："各美其美，美人之美，美美与共，天下大同"。

凡常理，必源于常识，合与常情，充分体现人类成长和社会进步的基本特点和规律。

像"人天生，并且永远，是自私的动物""我们不能借着肉贩、啤酒商和面包师的善行而获得晚餐，而是源于他们对自身利益的看重""财富是交换劳动的权利"这些科学论断，就是当代经济学的鼻祖——亚当·斯密，洞观人性和人类经济活动，就劳动和分工的铁律贡献于整个人类闪烁着真理光芒的科学常识。唯如此行，人类才在工业革命之后创造了前所未有的财富，推动了社会的进步和跨越式发展。

所以，观察和评价一个人、一个国家乃至一民族所作所为，是否具有科学理性并靠近预期愿景，具常识、尊常理、循常情，是最重要，甚至是根本的标准。

# 亲情、友情和爱情

情感，是生物界的自我内在认知，在行为方式上的体现，或者受到外界刺激所产生的一种情态化的反应。

科学研究表明，动物也有情感。经常饲养宠物的人会发现，小动物的可爱，因它有乐憨之态。一个宠物狗喂饱之后，要领它出去遛遛，那小尾巴就不停地摇，仿佛人类的手足舞蹈。

美国神经科学家史蒂文·西维经过科学研究后发现：老鼠在跳跃玩耍时，大脑中照样会释放出和人类健康快乐时一样的神经化学物质多巴胺，在这个基础上，他专门建立了一门新的学科——情感生物学。世界上还曾经多次组织过以动

情是人世间最亮丽的一道风景。

物情感为专题的研讨会。

还有人认为，狗远比人的忠诚度高。2009年由美国电影导演莱塞·霍尔斯道姆执导的电影《忠犬八公的故事》一经推出，就轰动了全球，豆瓣得分9.2。

但是，相比于动物，人的情感就更复杂、更细腻、更生动、更感人！

孔子在两千多年前就说，人天生就有喜、怒、哀、惧、爱、恶、欲之情。

就是告诉我们情感乃是与生俱来的天性。他对人的言语和行为方式具有决定性的支配作用，因为情绪化乃是人的本质属性之一，有的时候甚至是生死之间皆系于情，就像《赵氏孤儿》中的门客程婴和公孙杵臼誓死捍卫主人的遗孤，甚至不惜牺牲自己的亲骨肉，流传千古而感天动地，情是人世间最亮丽的一道风景，温馨又从容……

情，又因源头构成和表现方式以及对象的差异，而有亲情、友情和爱情之分。

亲情是人类最基本，也是最重要的情感之一。你看那些流落到欧洲各地的难民，在逃离战火和恐怖的时候，都是一家或几家亲友在一起，苦难中的深情让人动容。而在中国这样一个高度重视天理人伦，并且以家族文化为主体的国度，亲情在社会生活以及人性完善中的地位和作用就更加不可或缺，它甚至是几千年道德判断和人生成败的标准。而中国文化几千年都倡导"孝"，历朝历代也大多以"孝"治天下，着眼点和出发点都在"亲情"上。

亲情在某种程度上，又是支撑人生的强大屏障和大爱无限的最后一缕温暖阳光。

宋代的苏轼才华盖世，但少年得志之后人生历尽坎坷，以致一生颠沛流离，从"乌台诗案"被解往京师，几乎要被置之于死地开始，到晚年先后被贬往惠州和儋州，大宋京城里往日的近朋文友避之唯恐不及，能为他奔波申冤的，只有他那同为"唐宋八大家"之一的同胞兄弟苏辙。而他在那备尝艰辛，丧妻失子之时，心中的唯一精神支柱也是亲人。

明月几时有，把酒问青天，不知天上宫阙，今夕是何年。

这首流传千古的《水调歌头》，就是他在皓月当空之际，孤高旷远之时的感念思亲之作。词前小序中："丙辰中秋，欢饮达旦，大醉，作此篇，兼怀子由"，手足之情令人动容！

中国几千年的社会文化取向特征，就是以"家族"为本位的文化。按照陈独秀的说法，就是"西洋民族以个人为本位，东洋民族以家族为本位"，人与人之间都是以血缘关系为基础，以家庭、家族和宗族为纽带，各种社会性需求都能够在此得到满足和平衡。

人生的岁月中，友情弥足珍贵。你可以大富大贵，也可以一无所有，但就是不能没有朋友。所以孔子说人生最高兴的事，就是朋友的欢乐相聚。

有朋自远方来，不亦说乎。

　　这句耳熟能详的名言说的就是这件事。友情固然不同于所谓血浓于水的亲情，却源远流长，甚至感天动地。或因为具有共同的价值观和人生理想，或由于共同的嗜好，或觉得声气相投，或是因为某些方面的利益和利害相关，都会成为友谊的诱因和支撑，遂成为生命中的知己而相伴。所以友情一个很大的特点就是缘于双方的性情和志愿，互视为知己，或心有灵犀，不会像亲情那样命中注定，也不同于爱情很大程度上是出于性的吸引。友情的随机性和可选择性很大，予人的快乐也极多，所以友情历来为人们所格外看重。

　　友情的群体性差别很大，正所谓物以类聚，人以群分。看一个人，就看看他的朋友，以及他怎样对待朋友，大概就知道他是个什么样的人。友情的珍贵不在一时有多热火，而是看一块能走多远，特别是关键时刻的表现。友情固然以互相的认同为基础，但是不应以彼此的阿谀奉承而求欢，一到了这个份上，十有八九就快变味了，既然是朋友，彼此的认可和相容，那已经是一种应有之义。

　　中国自古以来，就是一个人情社会，往往把够不够朋友上升到一个道德价值判断的高度，一旦说这个人不够朋友，等于是对这个人的全面否定。正因为这样，过去的中国，盛行的社会现象之一就是江湖义气。宋代梁山泊上的一百零八将，并没有什么共同的旗帜和纲领，就是一帮路见不平拔刀相助、生死患难与共的弟兄。

　　这是中国特有的一个基本国情，就是许多事要靠人和情。

至于爱情，看起来是一般常见，说起来也不过是才子佳人，或者你情我愿，细究可不那么简单。世界上，凡是看似平常和一般，实际的深奥和复杂，都相当出乎你的想象！这爱情，可是古往今来人类情感的真正主旋律！几千年前的中国最早的诗集《诗经》中，就有"窈窕淑女，君子好逑"的金句。

而以往的传世名作，从汤显祖的《牡丹亭》，到曹雪芹的《红楼梦》，从莎士比亚的《哈姆雷特》，到托尔斯泰的《安娜·卡列尼娜》，都没能离开爱情这个永恒的主题。

但是就像世界上许多最美好的，往往也可能是最悲凉的一样，爱情可不都是天长地久的人间喜剧，也有许多让人唏嘘长叹的悲剧。读沈复自传体人生散文集《浮生六记》，沈三白和陈芸始于欢乐，历经忧贫，最后"恩爱夫妻不到头"的生死离别的悲剧，真的是让人不忍卒读。

就像莎士比亚所说，真正的爱情之路是不会平坦的，正因为这样，他们才会更加的珍惜彼此。

但是毫无疑问，无论是亲情、友情或者爱情，都是人性绚烂之花的情景绽放，使人更有魅力和韵味，人类的生活也因此而更加丰富多彩！

# 交友之道

在这个世界上，你可以没有显赫的家世背景，没有德高望重的社会地位，但是，绝对不能没有朋友。

唐朝的大诗人李白，生平郁郁不得志，唯有浪迹走天涯。他不会像现在的公民一样享有社会保障，更不会像明星那样，有机会做各种形象代言人。说句玩笑话，他的诗虽是千古佳句，在当时却连版权和稿费都没有。那他为什么还能浪迹天涯寄情于山水之间，动辄斗酒诗百篇？

靠的是名气大"刷脸"，有朋友，粉丝多。

现代科学证明，人是唯一能够明确接受心理暗示的动物，而在重亲好友的中国人看来，尤其如此。

在中国最早的文学作品《诗经》中，就有——

伐木丁丁，鸟鸣嘤嘤，出自幽谷，迁于乔木。嘤其鸣矣，求其友声。相彼鸟矣，犹求友声。矧伊人矣，不求友生？神之听之，终和且平。①

这大意是说，丁丁的伐木声，惊得鸟儿都飞起来，从幽谷里飞到树木上，在大自然的寂寞中寻找着朋友。鸟啊都是这样，何况人呢？山神看到这种境况，都会为此动容。

所以你的状态，某种程度上取决于与谁同行。积极的人都是正能量，不经意间就投射在你身上；消极的人有许多负能量，就像月亮的阴晴圆缺一样。号称世界第一潜能开发大师的安东尼·罗宾说："你的人生取决于你遇到过的人和看过的书。"

交友重要，更要讲究交友之道。孔子就认为：

益者三友，损者三友。友直、友谅、友多闻，益矣。友便辟，友善柔，友便佞，损矣。

意思是说，交友会遇到益友，有三种：诚实的、宽容的、见多识广的；也有损友，就是奉迎谄媚的、花言巧语的、表里不一的。这可能是世界历史上最早，也是相当有文明水准，至今仍然闪烁着智慧和光芒的交友准则。而宋代人许棐就总结说：

---

① 《诗经》之《伐木》，载金涛主编：《四书五经典藏本》，北京：外文出版社，2012年，第184页。

友直、友谅、友多闻，益矣。

与奸佞人交，如雪入墨池，虽融为水，其色愈污；与端方人处，如炭入薰炉，虽化为灰，其香不灭。①

可见，选什么人做朋友，用什么眼光和办法来选好朋友，可就太重要了。

晚清一代名臣曾国藩在给弟弟的信中所说："一生之成败，皆关乎朋友之贤否，不可不慎也。"确实，曾氏一生之成就，固然在于挽狂澜于未倒，砥定同治中兴之局面，而他知人善任，特别是在识人用人上有过人之处，让许多人难以望其项背。当年他的幕府几乎成了晚清精英的聚集地，终其一生所推荐下属达千人之多。出人意料的是这些人大都能表现优异，而不负曾氏举荐以及朝廷所望，像李鸿章、左宗棠等更是以不世之功，同列为晚清四大名臣。仅凭这一个"准"，就不能不佩服曾国藩的眼光和魄力，而让后人汗颜。

我们也可以想一想，他当年识人、荐人多么不容易。"内举不避亲"，担当的政治风险有多大？对此，曾国藩确是体会深刻，还专门写了《冰鉴》一书总结识人、用人心得，它和《挺经》一样成为其生前压轴之作。

他还总结了一个"八交九不交"的交友法则，为后世所称道。

八交：胜己者，盛德者，趣味者，肯吃亏者，直言者，

---

① 许斐：《樵谈》，载吴亚芬主编：《经典古诗文 800 句》，北京：金盾出版社，2012 年，第 142 页。

志趣广大者，惠在当厄者，体人者。

九不交：志不同者，谀人者，恩怨颠倒者，全无性情者，不孝不悌者，愚人，落井下石者，德薄者，好占便宜者。[1]

值得注意的是，曾氏交友之道，体现了对儒家交友之道的很好的继承，而且更加接地气。特别是他把人品放在了非常重要的位置。像盛德、直言、体人、谀人、恩怨颠倒、不孝不悌等等，都是属于德的范畴，可见交友要把德放在首位。同时，由于曾氏的人生实践丰富，体会深刻，使他在交友之道上有了条理化的丰富和发展。如他提出胜己者交，盛德者交，其价值取向就是以差异化标准选择朋友，以补己之不足。

友有益，则必有损；无友最多不成事，败事则必有损友。

交友，总体上要把握住求精不求多这个大原则。在这个世界上，真正能够成为你知己的不会太多。《列子·汤问》中所载"高山流水"之典故千古传颂，其感人处不在伯牙琴弹得好，而是遇到了知音钟子期，虽然他只是一介樵夫。他死后，伯牙痛失知音，摔琴绝弦……从此，高山流水也就成为知音难觅的同义词。

所以择友要谨而优选，要有清晰的标准、特别是底线，放到相应的历史背景下，以多维视角去考察。比如你和他是初次相识，感觉很好，那还不够，要看看他身边都是一些什么人，层次怎么样，他符合你的交友标准吗？能给你带来什么样的能量和影响？

[1]崔文信：《养心箴言》，沈阳，辽宁人民出版社，2013年，第68页。

　　这样，就尽可能地避免带着悔恨之情，为盲目或匆忙地交友买单。

　　尤其不要忘记，在《最后的晚餐》中，坐在那里的"犹大"，也是大家的朋友。

# 从心所欲而不逾矩

吾十有五而志于学，三十而立，四十而不惑，五十而知天命，六十而耳顺，七十而从心所欲，不逾矩。

这是孔子对自己一生的经典回顾和评价。

他把"从心所欲不逾矩"放到了人生的高端追求和高尚境界。

欲望不仅是人、而且是所有有机生物界最原始的本能之一，就像禾苗需要雨露的滋养，绿树期待茁壮生长，鲜花渴望美丽绽放。

法国哲学家雅克·拉康说："人是因为欲望而成其为人

的,或者说人的存在必须以欲望为前提。"

它甚至可能是非理性的,但是无可抗拒。就像一个在母腹中孕育十月的婴儿呱呱坠地而嗷嗷待哺,也就是"生之谓性"的开始。早在两千多年前,孔子就说:

富与贵,是人之所欲也;贫与贱,是人之所恶也。

19世纪中叶,奥地利精神科医生、著名心理学家、精神分析学派创始人西格蒙洛·弗洛伊德,从现代科学的角度,提出人的欲望乃是与生俱来,总体无外两种:果腹以维持生存;性行为繁衍种族和人类。

这足以说明:虽然远隔千山万水,岁月时光不同,但东西方文明在人类自我的认识上是相通的。

欲望不仅无可非议,它还是人类历史进程中真正的"永动机",当欲望变成渴望直至形成理想,就能成为改变人类和社会的巨大力量!

秦朝的陈胜和吴广,当年不过是"辍耕之垄上"的农民,后被征发服徭役的民工而已,就是跟在人身后干活的角色。但是当他们面临"会天大雨,道不通,度已失期。失期,法皆斩。"的存亡威胁,求生的欲望就把他们的"鸿鹄之志"陡然唤起,于是斩木为兵,揭竿为旗,结果"一夫作难而七庙隳",就让"自以为关中之固,金城千里,子孙帝业万世之业也"的大秦王朝,开始了走向末日的倒计时!

欲望,也是美好愿景之源,社会进步之魂。因有追求自由之渴望，遂有震惊世界之法国大革命，推动了整个人类自由民主的进程；北美大陆因有摆脱殖民统治，争取独立之愿望，方能用独立战争的满腔热血，浇灌出现在的美利坚合众国。中华民族就是因为具有救亡图存的志向和决心，构成了一个民族超乎党派、信仰和阶层的共同心声，终于在抗日战争后形成了真正的现代民族国家的雏形，成立了伟大的中华人民共和国，从改革开放富起来和现在走向强起来，实现了鸦片战争以来许多志士仁人强国富民的梦想！

欲望，更是推动科学技术进步，改变世界面貌和人类生活的原动力。从 18 世纪英国工业开始，到现在不过几百年时间，但是社会的进步、财富的增加，生产力的发展，生活品质的提升，日新月异的程度甚至让人类自己都瞠目结舌，许多的情形，都是法国文学家大师儒勒·凡尔纳科幻小说里面的事，但如今都成了活生生的现实！按马克思、恩格斯 1848 年在《共产党宣言》中相当经典的概括："资产阶级在它的不到一百年的阶级统治中所创造的生产力，比过去一切世代创造的全部生产力还要多，还要大。自然力的征服，机器的采用，化学在工业和农业中的应用，轮船的行驶，铁路的通行，电报的使用，整个大陆的开垦，河川的通航，仿佛用法术从地下呼唤出来的大量人口……过去哪一个世纪料想到在社会劳动里蕴藏有这样的生产力？"而这一切翻天覆地的变化，除了社会在政治上的进步因素，主要是科学的发达和昌明。

人的欲望乃是与生俱来。

但我们也注意到，所有的科学发明创造，几乎都来自于科学家对科学的强烈的热爱和好奇心，以及社会的发展需要。从亚当·斯密，到居里夫人，从爱迪生到爱因斯坦，无不充满着始终如一的科学激情。故而蒸汽机推动工业革命，好奇心带来科学的繁荣昌盛。

生存是欲望的原始起点和根本，而维持生存所必需的物质财富也就成为人类追求的重中之重。恰因如此，它才成为推动社会进步成长的力量。亚当·斯密就认为"自私是发展的前提"，主客观的能量互动，实际是"以一己之私，成一国之富"。另据《福布斯》杂志公布的 2017 年全球亿万富豪排行榜，美国以 565 人排第一，拿下前三甲；中国（包括港澳台）以 319 人紧随其言，且在亿万富豪的增长方面居全球首位。这些数据，基本反映了中美两个世界最大经济体的综合国力以及发展态势，更从一个侧面印证了亚当·斯密民富与国强互动关系的科学论断的正确性。

爱欲或者情欲，也是高级动物中人的专属，千百年来说不尽的人生话题。无此哪有《红楼梦》和《金瓶梅》，更没有《魂断蓝桥》和《泰坦尼克号》了。当年孔子和卫灵公及其美艳的夫人一块乘车走在街上，行人都看美人，却没人找去孔子签个名什么的。为此孔子大发感慨，说就没见过好德如好色的人。

并不奇怪，好色是天生的，只要有七情六欲就行；好德就不同，那需要后天的努力甚至是痛苦的修行。

毫无疑问，诚如荀子所言："凡人有所一同。饥而欲食，寒而欲暖，劳而欲息，好利而恶害。是人之所生而有也，是无待而然者也。"由不得你是否认同，就是人性与生俱来的现实存在。而且恰恰是因为有了这个被叔本华称之为"人生摇动不止的钟摆"的欲望及其不满足，才成为推动人类社会进步的起始和终极力量，并且成为人生中最撩拨你的兴奋点和快乐感之一。

然而世间万物，无不利弊相间，祸福相伴。欲望既是人作为万物之灵的天作之福，并且"从心所欲"创造了无数的人间奇迹；但它也是装在潘多拉盒子里的魔鬼，弄不好放出来就人欲横流，以至于人类社会现今的所有苦难，从资源枯竭到环境污染，从恐怖活动到局部战争，从某些国家争夺世界霸权到难民流离失所，无不与人欲有关……荷兰哲学家斯宾诺沙就一针见血地说：

> 人类最无力控制的莫过于他们的舌头；而最不能够做到的，莫过于节制他们的欲望。①

这是因为人欲本身就是人性和兽性的对立统一体，具有原始的粗野和凶猛，欲望闸门一旦开启，就会山洪般汹涌，不免泥沙俱下。

人欲的另一个显著的特征，就是与生俱来的自私和无可

---

① [荷兰]斯宾诺沙著，贺麟译：《伦理学》，北京：商务印书馆，1983年，第102页。

遏止的贪婪。早期是原始条件下的生存需要，现代则是由于社会无情竞争所推动，尤其表现在对权力、财富和美色的攫取和占有上。诚如雅克·拉康所说："欲望不是对具体对象的欲望，而是对无限缺失的欲望。"

当人类面对欲壑难真所带来的空前灾难时，就不能不重新思考"不逾矩"的必要和应对措施。

春秋战国时期诸子百家尽管主张各有不同，但是在应对人欲上都有相当的共识：孟子提出"富贵不能淫，贫贱不能移，威武不能屈"；老子和庄子倡导"顺应自然，清静无为"；墨子号召"兼爱非攻，节用节葬"；荀子疾呼"今人之性，生而有好利焉，顺是，故争夺生而辞让亡焉"，共同的愿望是用礼仪法度来约束人的贪欲无度。

宗教界随后跟上，尤以起源于印度，在中国影响最大的佛教厥功甚伟。它把人生痛苦的根源归之于人欲，即生、色、香、味、触，尤其是欲界，包括淫欲、色欲、食欲等等，认为苦海无边，回头是岸，人类还是要以虚空慈悲为怀，以求从贪婪无度中获得解脱。而产生在中国本土的道教，主张崇尚自然，清静无为，被纪晓岚赞为"综罗百代，广博精微"，无不是针对人欲而言。看似过激，似也不无道理。

纵观人类社会发展历程，大到一个国家、民族，小到一般的社会、团体和个人，真正要做到"从心所欲而不逾矩"很不容易。如何营造一种氛围，既有足够的宽容度与和谐度，让人们追求人生的梦想；又能有所检点和约束，不会张狂和过分，有悖初心，要看社会环境和状况，还要有文化的积淀和文明素养，当然也离不开相应的法度的硬约束。

看看现在北欧的丹麦、芬兰和瑞典人，可引以为人类的生活榜样。

# 生前事与身后名

　　一般人都是活在当下而已，能想到此生后世的真的不多。

　　湖北荆州古城东大门内，有一个在历史上被誉为"宰相之杰"的明代著名政治家张居正的故居。故居并不宏伟，但让人感慨良多。他在明万历年间任内阁首辅十年，以恢弘魄力推行改革，政治上行考成法，提高行政效率；经济上推行一条鞭法，增收节支；用名将戚继光巩守边防，用潘季驯主持疏浚黄河，均成效卓著，终于辅佐万历皇帝朱翊钧一扫明代中后期朝政萎靡衰败之像，开创了以其改革为主要内容的"万历新政"，而被梁启超称为"明代唯一的大政治家"。

他生前权倾朝野，备极荣光，成为明代唯一生前就被授予太傅、太师的文官；卒后配国葬，神宗为之辍朝，并赐谥号"文忠"，赠"上柱国"。

然而张居正生前"自信太过"，多有极端之举，乃至他尸骨未寒，即被下令抄家，尽削其官秩，追夺生前所赐玺书，四代诰命，以罪状示天下，而且险遭鞭尸，连家人都未幸免，子孙几十口人被关在屋子里活活饿死……他力推的改革举措，也大都付之东流，成为史上一大悲剧。

张居正这样的"千古一相"，身后事都是始料未及，遑论他人？所以做人难，做一个生前与身后都经得起考验的人就更难。

中国几千年的文明史，极为重视盖棺定论，青史留名。

司马迁《史记·孔子世家》中记载：

子曰："弗乎弗乎，君子病没世而名不称焉。吾道不行矣，吾何以自见于后世哉？"①

连孔子这样具有超级人生自信的人，都有身后"称名"之忧，觉得自己身处春秋乱世，无法立德、立功于当代，只好选择立言一途而作《春秋》。结果既"绳当世"，其"贬损之义"，被"王者举而开之"，而"天下乱臣贼子惧"。当然，还有想不到的，就是他平时探讨人生与社会的场景和见解，被他有心的弟子们记下来又整理出来，成为中国历史

①司马迁：《史记》之《孔子世家第十七》，长春：吉林大学出版社，2015年，第393页。

上最早的语录体著作——《论语》，虽然不到两万字，却以其内容的博大精深，成为万朝历代主流意识形态的经典之作，对中国和世界文明进程产生了巨大而深远的影响，也确立了其世界十大文化名人之首的崇高地位。

还有司马迁，虽然因为李陵败降之事辩护而获罪，并遭宫刑之大辱，而他，

所以隐忍苟活，幽于粪土之中而不辞者，恨私心有所不尽，鄙陋没世而文采不表于后世也。①

于是怀抱"究天人之际，通古今之变，成一家之言"的恢弘理想，终于完成中国第一部纪传体史书巨著《史记》，被鲁迅称之为"史家之绝唱，无韵之离骚"。

生前与身后的因果关联度很高，善始方可善终。这个"终"，既包括了逝去时的安详，还有经得起岁月珍藏的深刻寓意。从常态上说，是种瓜得瓜，种豆得豆。像美国总统乔治·华盛顿，成功地带领美国人民赢得独立战争的胜利，成开国元勋；他为美国制定了一部现代民主国家的经典宪法，确立了立法、司法和行政三权分立的国家治理构架；在总统任满后，毅然急流勇退，放弃最高权力而退隐在弗农山庄，过起了真正的平民生活，真正够得上是人生的完美和崇高，也成为美国著名学者和传记作家麦克·哈特在《影响人类历

---

①司马迁：《报任安书》，载吴楚材、吴调侯选编，郭学敬评译：《古文观止》（插图版），北京：中国纺织出版社，2017年，第122页。

史进程的 100 名人排行榜》中位列第 26 位的历史人物，深受历代美国人民的衷心爱戴，成为世界政治史上的榜样人物。

　　人啊人，无论你有多大的功业，多少的家业，若要做一个像曾国藩那样生前与身后都能够堪天立地的人，相当不容易。关键是要牢记住：后世有褒贬，功罪千秋在，对子孙后代负起历史的责任，方称得起慎始善终。

# 利己与利他

人的本性到底是利己还是利他？

古往今来，从中国春秋战国时代的思想家们，到西方古希腊的一些大哲学家，都在关注和研究，甚至穷尽一生的精力苦苦探索这个问题。

但随着现代科学的发展，特别是现代哲学、经济学和心理学的进步，才使这个人类的永恒之谜逐渐露出"庐山真面目"。

17世纪英国政治家、哲学家托马斯·霍布斯超越神学，站在理性主义和个性主义的世俗化立场，认为人的本性在原始和自然状态下就是恶的，都有自我保全的天性，而所有的争斗、杀戮和战争，都是这种利己主义的一种满足和表现：

> 任何两个人如果想取得同一东西而又不能同时享用时，彼此就会成为仇敌。他们的目的主要是自我保全，有时则只是为了自己的欢乐。①

他认为，必须尊重自然法和自然法则，同时用人类理性和契约精神以及国家的权利，来约束和制约人的自私和贪婪。

美国著名心理学家亚伯拉罕·马斯洛，在违背父母之命去研究动物行为学的基础上进入社会心理学领域，提出了著名的人的需求层次理论，标志着人本主义心理学的正式诞生。他认为，人生的本性和生命过程，就是始终围绕着自我的一种需求以及这种需求的满足，按照生存、归属、成就三个梯次行进，表现在生理、安全、爱与归属、尊重和自我实现五个方面。马斯洛同时指出，人的低层次需求与生俱来，概莫能外，被满足之后，就会产生更高层次的自我超越需求。解决了温饱，就想着小康，实现了小康，就要奔富裕，这所有的一切，都是围绕着"自我"的需求展开。在这些需求满足之后，即追求真善美，并在此基础上力图创造美和欣赏美，以达到自我实现的人生目标这个阶段。

马斯洛的科学论断，标志着人类自我认识上的一个历史性飞跃，得到社会大多数人和相关领域科学家基本的认同。

---

① [英]托马斯·霍布斯著，黎思复、黎廷弼译：《利维坦》，北京：商务印书馆，1985年，第93页。

确实，一个呱呱坠地的婴儿的第一声啼哭固然令人喜悦，但他的第一需要一定是自己要吃奶，这是本性使然。同样，历史上动乱饥荒年代甚至出现的"易子而食"的现象，也再次说明了人性的残酷。

个体如此，有时国家也不例外。1914 年 8 月，德国侵入中立国比利时，在鲁汶以清除游击队名义屠杀数百平民，焚烧了创立于 15 世纪、收藏了许多中世纪珍贵文物资料和文物的鲁汶大学图书馆和城市古建筑。世界震惊，令许多科学艺术家痛心不已。出人意料的是，面对国际舆论的一致谴责，德国的 93 名顶级科学家和艺术家，以及文化界人士，竟然以维护德国"国家名誉"的名义，由当时量子力学创始人，时任德国威廉皇家学会会长的马克斯·普朗克和 X 射线的发现者伦琴带头，以 10 种语言发表了《告文明世界书》，公开为德国的侵略行径辩护；热力学第三定律创始人能斯特教授穿上少校军服，当起了国防部顾问；哈伯教授这位曾经发明了人工合成氮，为人类现代农业发展作出过历史性的贡献，后来还为此获得了诺贝尔奖的化学家，当时却满怀"爱国主义激情"研究起糜烂性毒气和窒息性毒气……

原因何在？是狭隘的、自私的民族主义，导致非理性的种族和战争狂热，连这么多杰出的科学家都不能避免，他们一面认可战争和残酷，却又认为这是国家保持统一和独立的"必要之恶"。

那么如何让利己与利他兼顾，并且成为人生追求和快乐

一箪食，一瓢饮，在陋巷，
人不堪其忧，回也不改其乐。

的组成部分，就是人类成长和自我完善的重要课题。

人性中自私的一面虽是本性，但人性本身还是具可塑性的，所以要重伦理，兴教化。孔子为此一生矢志不渝，乃有"三千弟子七十二贤人"；孟子把"得天下英才而教之"作为"人生至乐"；王阳明讲"遍地都是圣人"，所主张和实践的都是这个道理。所以我们也就能理解，晚清的官场从总体上看固然是昏聩无能，所以龚自珍有"我劝天公重抖擞，不拘一格降人才"的长吁短叹。但是在中兴名臣曾国藩的周围，还是涌现了左宗棠、胡林翼等一批治世才俊，而且成为"受命于危难之际，挽狂澜于未倒"的砥柱中流，至今其功业和人性魅力仍闪烁着耀眼的光华。

说到底，要接受自私为人的本性，也要因势利导，使之成为发奋的原点和动力，从而渐趋向于利他的境界。纵观整个人类社会文明发展史。人们为了某种物质上或精神上的特定需要和抱负，会产生一种无可估量的力量。屡次位居世界首富的企业家比尔·盖茨，不但打造了富可敌国的世界级企业微软公司，在用科技改变人类生活的同时也为他自己积累了巨额的财富。

也许有人质疑比尔·盖茨豪宅的奢华，但那又有什么关系，这并不妨碍他成为世界上利他的典范。

抛开微软公司在税收、就业以及对提升美国综合国力，参与人类现代史上伟大科技变革，进而从根本上改变人们的生活方式的贡献不说，单就捐给比尔及梅琳达·盖茨基金会

（该基金会是盖茨和妻子创立）的款项已达数百亿美元。

在尼日利亚的索托科和印度的莫拉达巴德，比尔·盖茨帮助当地人民对抗脊髓灰质炎，免费为他们提供疫苗和发病后的治疗。

在莫桑比克，他捐赠了16亿美元用于购买蚊帐、药物、杀虫剂和疫苗，防治疟疾的蔓延。

在哥伦比亚，在博茨瓦纳、在尼泊尔，教育、医疗、科技，尤其是防治艾滋病等领域，比尔·盖茨的身影和他的贡献也是无所不在……

比尔·盖茨不仅是富者更是智者，自利利他的人生值得尊重。

# 需求和满足

人是欲望的载体和产物。

生活在这个世界，必是有所求，才有所动，有所动，才能有所成，从而有自豪感，甚至会对世界有推动。

常听人说无欲则刚，要用在抵制一些诱惑上还行，若用在人生成长上就未必适用。因为总有一些人思想觉悟特别崇高，为一个民族、国家或者理想，历尽千辛万苦在所不辞，甚至奉献自己的青春和生命，按亚伯拉罕·马斯洛的理论，这是更高层次的需求，即自我实现。

人生有两大快乐：

一个是没有得到你心爱的东西，于是可以去寻求和创造；

另一个是得到了你心爱的东西，可以去品味和体验。

　　需求是人的本性，是不可遏止的，但是并不是一成不变的。有句名言：人生有两大悲剧，一个是没有得到你心爱的东西；一个是得到了你心爱的东西。人生有两大快乐：一个是没有得到你心爱的东西，于是可以去寻求和创造；另一个是得到了你心爱的东西，可以去品味和体验。

　　看看，人的需求是多么复杂。

　　马斯洛在19世纪提出了需求层次理论认为，人的需求也有多样性特征。拿"出行"来说，曾几何时，大部分人都想做有车一族，既快捷，又是身份、地位和成功的象征，但是现在，已经过气了，不再有人为这个就高看你一眼。时下流行的是共享出行，它就是时代的新宠儿，被资本市场追捧。再说"性"，过去难以启齿，现在网络发达，早已司空见惯。如今亦有不少人认同独身主义，还有为自身争取权利的同性恋者，也逐步为一些国家和社会接受，在欧美一些国家，这已然合法化了。

　　人的需求还有阶段性。青少年时代，主要是求学求知，身心的成长才是核心要义，以便为将来的工作打个基础；一旦走向社会，那就是干事业了，需要的就是广阔的天地和可以施展才能的空间，这个时候最需要自信心和成就感；等到功成名就，就需要知足行止，酌情加减，不再有必要一往无前了。在这方面，真的要为比尔·盖茨点赞。他这一生最大的成就恐怕不是成为世界首富，他真正让人佩服的是做人，知道自己在不同的人生阶段，要的是什么，该做点什么。无论是事业之成就，还是家庭之幸福、对人类福祉之贡献，他都是这个世界公认的典范。正是由于他的努力，才让曾肆虐全球的儿童疾病脊髓灰质炎有望彻底消灭。

人的需求往往还要鲜明的时代特色。

像智能手机、移动支付、电子商务等等，某种程度上是被消费者的需求激发出来的。

需求是人生愿景之源，并由此焕发出人的无限激情。无论是东方"你种田来我织布，我挑水来你浇园。寒窑虽破能避风雨，夫妻恩爱苦也甜"的田园生活渴望，还是西方古罗马皇帝们征服世界的梦想，都是为了满足生活和事业的某种需求而产生非同寻常的力量。

所以国家之于民众需求和舆论，企业之于市场需求，都需要精准判断和关注，必须认清社会各阶层在不同阶段的不同需求，才能适应形势的发展而不至于落后于时代失去人心。

腾讯的马化腾先生，为什么迅速跻身富豪之列？微信为什么能让我们在世界上都感到亲切和荣光？这也要归之于现在这个世界，对社交生活的渴望。马斯洛早就告诉我们，社交是人类在满足了生理和安全之后最重要的社会需求，所以脸书和微信应运而生。这种通讯方式根本不受时空限制，而且性价比极高，为身在国内的父母和海外留学的子女之间省了许多通讯费的同时还能让人们看到影像。真正是对人类社会和情感交往的革命性变革！与此同时，微信所具有的丰富信息和异常便捷的方式，使微信营销成为当前社会最大的营销机遇。

美好就是人们对生活渴望和需求的满足感。

# 知足与知不足

"知足知不足，有为有弗为。"

这是现代著名诗人、小说家、散文家冰心的祖父谢子修，集国学名言而成的自勉联，后来成为冰心终生的座右铭，并在晚年常以此勉励后进。

知足，是最基本的人生自我认同，包括你对自己的工作情况、生活环境、生存状态，特别是付出与得到的性价比的判断和评估。

这与怎么样没有太大关系，关键是自我感觉。

陶渊明不愿为五斗米折腰，索性辞官去过"采菊东篱下，悠然见南山"的生活，就不仅是自给自足那么简单，而是释去人生重负之后的一种闲适和格调。按照著名作家林语堂的说法，这种归隐，"如诗般有意境和耐人寻味"。所以，知足就是一种自得、恬淡、含蓄和达观。

知足乃为人生涵养之一，问题是自得其乐之道，只是许多人虽然知道，就是做不到。

一方面，欲壑难填，得陇望蜀乃人之本性；另一方面外界的环境和刺激，也会使人产生攀比心理，由心理失衡遂感失落。有的人当官总是嫌官小，要不总嫌钱少，把原本丰富多彩的人生与权力和金钱紧紧捆绑在一起，为了这个不择手段，有的人身陷囹圄，有的人甚至把性命搭了进去。

说人当知足，是就个体对生活的欲望而言，一旦变成奢望，就难免会脱离现实，带来不必要的烦恼。所以说，知足常乐不是得到的多，而是所求少。

知足还要知不足。知足主要是对个人生活及现状的认可度而言；面对工作、事业、努力的目标和未来，还是要知不足，才会有激情和奋斗精神。一个国家、民族、团体、企业，若要永葆生机活力，必须紧跟时代步伐，不论有多大的成就和业绩，都要保持清醒头脑和危机意识，既要长存感恩之心，还要常怀进取之情。

知不足有时比知足重要得多，因为后者最多是个心情问题，而前者往往事关重大。

像现在的中国，经过四十年的改革开放，经济总量已经

知足就是勿忘哺育之恩。

位居世界第二，成功地实现了快速发展，也拥有了前所未有的国际地位，离中华民族伟大复兴的梦想迈进了一大步。就在这个时候，也许我们特别需要的是"知不足"，要多点清醒、内敛、淡定和谦卑；要多想想我们国家的发展，还相当的不平衡，扶贫攻坚工作还任重道远；国内外形势复杂多变，由美国引发的贸易战，已凸显出世界格局许多不确定性，让国家充满了严峻的挑战，更需要我们居安思危，防患于未然，方可立于不败之地。

　　知足与知不足，就是这么一个相因相连的辩证关系，历史的经验告诫我们，无论是社会，团体或个人，实际上处理好这个关系都是不容易的。

# 极高明而道中庸

世界上最难写的是哪个字？大多数久经沧桑的人都会说是"度"。

孔子一生之睿智和贡献是他看到了这个问题的至关重要，并且找到了破解的办法，就是用天道来解决人道的问题。

据《论语·阳货》所载，孔子和子贡在一起，不想多说话。子贡就和老师说，您什么都不说，我们还有什么记述的呢？这激将法真管用，就让老师说出了一段千古名言："天何言哉？四时行焉，百物生焉，天何言哉？"就是说天地自然，春生夏长秋收冬藏，循规蹈矩地运行，百物照样生长，天说了什么话呢?

秉持这样的天道观，生逢春秋乱世的孔子，目睹了人性在礼崩乐坏时代的无所不为，不由得发出无限的感慨："中庸之为德也，其至矣乎！民鲜久矣。"这句话的意思，就是说中庸这种最高层次的道德，长久以来从人们身上看不到太多了。

何止那时？其实人的任性无所不在的表现，除了他与生俱来的自私，恐怕就是容易走极端。

人的理性往往容易为感情所左右，或为情势所影响，乃至产生误判而不能自控，便把自己的所作所为推到极致，最后导致颠覆性的失误不可挽回。

无论个人和团体，攻坚进取也并不难，若始终能保持清醒中规中矩，不走极端，真的很不容易。

古希腊的亚里士多德就认为，每种德行都是两个极端之间的中道，而每个极端都是错误和罪恶。如勇敢就是懦弱和鲁莽之间的中道，谦逊就是羞涩和张狂之间的中道。

东西方的智慧是相通的。

《中庸》就看出：

喜怒哀乐之未发，谓之中；发而皆中节，谓之和。中也者，天下之大本也；和也者，天下之达道也。致中和，天地位焉，万物育焉。[1]

---

[1]《中庸》，载邓冬海主编：《大学 中庸 孝经》，北京：中国文史出版社，2017年，第 59 页。

《尚书》里记载了"十六字心传"，是为"人心惟危，道心惟微，惟精惟一，允执厥中。"说的是人的心，就像海之深而不可测，同时又往往为环境和外物所影响，因偏执而离却正途。在清华大学所藏战国竹简中，记载了被历史学家李学勤称之为"周文王的遗言"，反复向儿子叮嘱的就是要把"中道"作为处理国与国、人与人关系的准则。

中庸之道，知易行难，个里奥妙，在乎其中。

不拘泥。人虽然聪明，但有时或囿于成见，或固步自封，或迷信书本，就失去了应有的活力和灵性，把自己关在了思想或行动的牢笼里。连孔子这样的大人物，都不免"畏天命，畏祖宗，畏大人之言"，遑论他人？所谓拘泥，就是跟不上社会的进步，时势的发展，是为"不及"，当然也不能"致中庸"，那种以为中庸之道就是保守的认识，实在是十分幼稚和片面。

不偏激。偏激是理性和清醒的天敌，是极端化的前奏和平台。它往往被自我所主宰，为情绪所左右，以全面肯定或否定为特征，为"牛角尖"而奋斗。看起来是正义的长缨在手，浑身上下都是道理，冠冕堂皇，激情澎湃，对大众极富诱惑力和煽动性，但方向往往是南辕北辙，结局往往也是极度悲催。"过犹不及"，是典型的反中庸，善良的人们还是要高度警惕。对那些以"另类"自居，大言不惭的"网红"，对那些动辄以超级"愿景"相许，并煽动起人们群体性情绪化反应的所谓豪言壮语，你最好小心些，因为历史和未来都将证明并告诉善良的人们，那多半不是什么好东西！歇斯底里本身就是一种病态，结局也就可想而知。

"致中和"的关键是"度"，但恰恰最难以把握的也是"度"。人生与"不及"和"过"是天然的缘亲，却与中庸之道"习相远"，故此须常怀怵惕之心！

一个人是否成熟，并不是看他有多大本事，而是看他能否自控，并且具有自觉纠偏的意识和能力。曾国藩之所以被公认为是晚清一代英才，就是他能在少年得志后，痛下决心改掉恃才傲物的脾气；晚年功成名就，又能谨慎自持，一道道地做着人生的减法，所以才没有重蹈封建王朝常见的"狡兔死，走狗烹"的悲剧，笑到了最后，连子孙后代都因此得享祖荫之福而延续荣光。

中庸之道既是人生观，让你在为人处世上持正公允，各方面兼顾；也是方法论，它会让你在错综复杂的条件下，能够左右权衡取其中，把事情尽量办得好一些，结果也许不是最好，但至少不会太糟，更不至于弄得没有进退和转圜的余地。办法用起来很简单，就是利弊两在，取其中和。就像你可以不喜欢一个人，但也没必要把这情感上升到厌恶，并且强烈表现出来的程度。那既没必要，也会更不舒服，更重要的是会显得你没有涵养。

因为，这逾越了人际关系平和交往的底线。

# 自知者明

20 世纪印度哲学家吉杜·克里希那穆提说：

自知之明是智慧的开端，在其中含藏着整个宇宙，也包含了人性所有的挣扎。①

历史上那个以"纸上谈兵"著称并进入成语词典的战国名将赵括，谈论起兵法口若悬河，连其父赵奢都不是对手，但是对自己缺乏实战经验和统帅才能却毫不自知，致使

———————————

① [印] 吉杜·克里希那穆提著，叶文可译：《这个人是谁？》，北京：群言出版社，2004 年，第 14 页。

四十五万大军尽丧长平！

中国古代讲修身齐家治国平天下，修身的核心内容就是自知之明。

完善自己不是抬高自己贬低别人，而是因有自知之明而具有知人之善。众所周知当秦末酷政逼得陈胜吴广在大泽乡揭竿而起为秦朝敲响丧钟，西楚霸王项羽和刘邦在乱世中割据称雄，最后刘邦脱颖而出成为西汉王朝的开国皇帝。按理说，刘邦当年起事时不过是一个在村里负责治安事务的小亭长，背景远不如贵青之后的项羽，也没有陈胜吴广的群众基础，何以最后能底定天下？除了见识和格局的不同，关键是有知人之智自知之明。

据《史记·高祖本纪》记载，西汉初年，天下已定，汉高祖刘邦在洛阳南宫大宴群臣，席间谈起楚汉相争的成败原由，他说："夫运筹帷幄之中，决胜千里之外，吾不如子房；镇国家，抚百姓，给馈饷，不绝粮道，吾不如萧何；连百万之众，战必胜，攻必取，吾不如韩信；三者皆人杰，吾能用之，此吾所以得取天下也。"

道理如此。但真正做到并不容易。诚如唐代史学家吴兢所言：

知人既以为难，自知诚亦不易。①

_____

① 吴兢：《贞观政要》之《举官》，载朱阳主编：《中国私家藏书》第1辑第3卷，长春：北方妇女儿童出版社，2001年，第1993页。

　　从人的生理构成来看，似乎就注定如此，要不人那两只眼睛怎么都朝别人而不朝着自个看呢？

　　从整个生物界特别是人类作为一种进化性动物的生存环境链来看，似乎就是"弱肉强食，适者生存"，所以社会的主流意识都是英雄情节，崇尚自信和自强。这本来是人性的优点，但这个优点距离人性的弱点仅是一步之遥，稍不留神就会自以为是，乃至于一意孤行的另一面。

　　人的社会地位变化对自知有很大的影响。历代许多的帝王刚起步时虚怀若谷，从谏如流，一旦成事登基，周围万岁声此伏彼起，飘飘然地就要从做天下老大开始，成为至高无上、一言九鼎的权威。殊不知真理和权力并没有太大的关系。古往今来，真正像唐太宗那么清醒的，还以魏征等贤臣为镜，纠己之过，真是凤毛麟角。

　　当然，环境的变迁也有关系。艰难困苦，往往多思己过，广纳人言；歌舞升平，躬逢盛世，听进去不同和反对的意见就不容易。唐玄宗就是因为这样，导致长达八年的"安史之乱"，也成为大唐王朝由盛转衰的转折点。

　　人与生俱来的弱点之一，是不仅自私并且自我。这个人性的"陷阱"，能否避开它，甚至战胜它，始终不忘初心，长存自知之明，那就要看个人修养和成熟雅度，特别是能否经得起地位和环境变化的考验。

# 边界与底线

　　人之可爱在情感，人之涵养看理性。

　　理性的表现方方面面，重要的是为人处世要有边界和底线。

　　食色性也，连孔子这样的道德智慧大家都认可，显见是一个正常的人伦天理。但若是毫无节制，贪如饕餮，恐怕用不了多长时间，当下流行的"三高"就要纠结一生，苦不堪言。

　　中国历代帝王居则豪华宫殿，食则珍馐万千，身边嫔妃如云，却是寿命最短的社会群体之一，历代有生卒可考的帝王，平均寿命不到四十岁。当然，这里面有居高至危非正常死亡率比较高的因素，有治理江山操劳成疾的因素，但过度的奢侈享乐恐怕也是重要原因之一。相比之下，生活清贫的孔夫子，竟然有七十多岁的高寿！可见，从养生和健康的角度，提倡现代科学的生活方式，就是要有所节制。

国家、民族乃至个人，都不能任着性子来。国与国之间，永存的不是友谊，而是彼此划定的边界，越过了就是侵犯行为，甚至可能爆发战争。社会也是没有规矩就不成方圆，就是要通过宪法和法律以及相关的法规，明确家庭、财产以及阶层的分界，乃至相应的权力和责任。

但人类要面对的往往是对底线和边界的逾越问题。

第二次世界大战，是迄今为止人类历史上最大的浩劫。共有 61 个国家，19 亿以上的人口被卷入战争，堪称空前绝后的深重灾难。而冒天下之大不韪点燃这个战火的，并不是一个所谓的野蛮落后的国家，而是欧洲一个素来以理性严谨著称的民族，是曾经产生过贝多芬、歌德和洪堡等人物，对整个欧洲文明产生了深远历史影响的德国。而且这个国家，已经完成了从传统到现代社会的转型，为何会成为可怕的战争狂魔？终因边界和底线出了问题。外因是第一次世界大战后协约国主宰签订《凡尔赛和约》，割让、赔款的条件十分苛刻，已经超越了种族优越感极强的日耳曼民族能够忍受的底线；内因是以希特勒为代表的纳粹势力，就此煽动蛊惑，让国民向非理性的天平倾斜，二者结合，终于在相隔 20 年左右的短暂岁月，就爆发了又一次的而且是更加惨烈的世界大战。

世界政治舞台上，那么多的大人物，往往都不能自控，说明了防逾底线之难、难于上青天！所谓进固然不易，而自制更难。

唐太宗戎马一生，历经腥风血雨，"玄武门之变"，何等惊心动魄，他都这么过来了。反而是坐稳了江山以后，他自称是每天"战战兢兢，如履薄冰"，唯恐稍有不慎而贻误苍生。

到了法国启蒙运动时，孟德斯鸠在《论法的精神》这部名著中，首次系统提出现代治国理政的三权分立原则，美国建国时，就把这个深重忧虑写进国家根本大法《宪法》来加以界定和防范。一部美国宪法，其出发点和着眼点，就是防止国家权力以任何原因和说法的滥用。

既然人，确实像孔子所说的那样是"人心惟危"，时不时就会弄出一些离谱的事来，对人性与人生的边界和底线，时刻明晰、理性预知和保持警醒，就变得十分重要。

首先要明白人与自然是个命运共同体。资源、环境，都是人类世代生存发展的基本条件，不能无情地掠夺，更不能毁灭和破坏，让子孙后代难以为继。老子在《道德经》中早就说"人法地，地法天，天法道，道法自然。"中国古代的这些思想家，真是先行的智者，他反复告诫我们的是要善待自然，因为它是世间万物所有的根和魂。

其次是要处理好人与社会的关系。人类之特点在于群体性。人既然为社会组成的一部分，必有一份不可推卸的社会责任，与社会的关系就是唇齿相依，相辅相成。基本义务就是要谋求社会之进步，族群之幸福，而不能危害社会。上升到社会或道义的高度，就是成为社会活动的参与者、社会进步的推动者、社会发展的贡献者。孔子知"道之不行"而勉力为之，作《春秋》以"绳当世"，其"贬损之义"，被历代王者"举而开之"，使"天下乱臣贼子惧"，终于为华夏文明开历史先河，为人类文明进步竖起具有永恒和普世价值的良知"木铎"！

人与人之间，关系就更为重要亦错综复杂。中国几千年文化都讲"和为贵"，但曾国藩说人生大都败在"惰"字和"傲"字，可谓感慨人生的至理名言。

人生无论富贵贫贱，需要勿忘初心，秉持本色，时刻恪守"底线"和边界。

# 刷点存在感

　　法国著名存在主义哲学家萨特，曾经说过，人就像一粒种子偶然地飘落在这个世界上，没有任何本质可言，只是存在着，要想确立自己的本质必须通过自己的行动来证明。人不是别的东西，而仅仅是其自己行动的结果。

　　是的，没有了存在感，人何异于行尸走肉？所以通过自己的行动证明自己的存在，体现自己的价值，无疑是人生最重要的追求。因此我们可以说，生命的意义寓于存在，存在的价值在于行动，进而让他人或社会认同。

　　所以现在就出现了一个很流行，很深刻，也很有人本意义的行为方式——刷点存在感。

　　而当下被关注和争议最多是各种高调炫富，郭美美式的炫富事件层出不穷。炫富的是与非，恐怕是仁者见仁，智者见智，但我们要探讨的是，人们为什么投入那么多的精力，在朋友圈不停地"炫"？

　　说起来原因简单，就是刷个存在感，求得个精神上的自我满足而已。

　　古往今来，想刷存在感的人多了。

　　当年的秦始皇，也是放着那么大的阿房宫不住，却不停地去巡视他心目中的王道乐土。一统天下之后，他差不多每两年出巡一次，足迹北至今天的秦皇岛，南到江浙、湖北、湖南，东到山东沿海，还举行了泰山封禅大典，开辟车道，山顶立碑，最后硬是把自个折腾得死于巡游途中。这种以天下为家的精神固然令人感动，但是可别忘了，当时的交通工具相当的落后，马拉车行而已，舟车劳顿，一行数月，一路浩浩荡荡，真可谓辛苦异常，而且也相当扰民。按理说秦朝当时已经实行了世界上先进的郡县制行政管理体系，在咸阳号令天下不成问题，他还非得这么跑吗？真的令人费解，除了"示疆威服海内"之外，是否也要刷个贵为天子的存在感呢？

　　刷存在感是人的本性使然，谁都愿意表现自己，都愿意接受别人的赞美，因为它能够最大限度地让人体现在这个世界上存在的价值。问题的关键是，什么时候、什么场合、用什么方式来刷自己的存在感，弄不好是要付出身家性命的沉重代价。明代方孝孺，更是把它上升到安身立命的高度，认为凡善怕者，必身有所正，言有所规，行有所止。偶尔有逾矩，

生命的意义富于存在，存在的价值在于行动。

亦不出大格。

　　这就是告诉你，在自我表现上，还是要小心些。三国时曹操的谋臣杨修冰雪聪明，就喜欢卖弄，老是刷存在感，为此真就丢了性命。生活和工作中是要讲智慧、讲方法、讲艺术的，甚至是装糊涂的。

　　当然，随着社会的进步，开放和开明的程度也大大提高，尤其是对个人自我表达与实现的愿望和行为，也更加理解和尊重，但是这并不意味着存在感的体现程度和方式都合于正义和道德。

　　互联网的飞速发展在带给我们快速与便利的同时，网络暴力问题也突显出来，个人隐私被无端侵犯，绯闻炒作肆无忌惮，毫无疑问都是秀存在而谋取一己之私的表现。

　　德国古典哲学家黑格尔曾经说过"存在的即使是合理的"。此名言无论翻译得是否准确，但社会现实生活中确实如此。既然那么多的人愿意刷存在感，就说明存在感的重要和必要，不然就不会有那么多的明星，热衷于包装自己，甚至不惜炒作自己的绯闻和逸事，以博取粉丝的关注和观众的好奇。

　　这种情形无论你是否看得惯，都是时代的产物，甚或是这段岁月的特有象征，最好还是抱一种见惯不怪的淡定态度，以包容之心对待。历史证明社会的宽容与发展紧密相连，而人们看待新事物的着眼点，往往容易倾向于对其负面的过度关注，实际人们担心的事情百分之九十都不会发生。

　　当然，刷存在感，应以不妨碍他人自由和不影响社会安定为前提，也不应以损害他人为代价。

# 重要的是选择权

　　国家和社会的进步，不仅体现在生产力的发展，以及社会财富的增加，更重要的标志，是看社会各阶层的人们在多大范围、多大的程度上有选择的空间。

　　阿里巴巴之所以在十几年里，能成为中国深受欢迎的电子商务平台以及全球仅次于亚马逊的电子商务平台，成为全球十大市值最高公司之一，与微软和苹果以及谷歌这样的世界级大企业比肩而立，当然与网络购物方便快捷顺应了时代发展有关，但它的核心竞争力，还在于为消费者提供了无限的选择权。

　　这一点，没一个实体商城可以做到，即便宣称"万达广场就是城市中心"的万达集团目前也未能做到。不同层次的事物，根本不具有可比性。一个是"我有啥，你才能买啥"，另一个是"我需要啥，就能买到啥"。那吸引力自然大不相同。

这一切，都是由选择面来决定的。

古今中外，凡在信仰、宗教、居住、迁徙、商品交换、职业选择、爱情婚姻、科技发明、艺术创作以及生活方式上提供了法制化的保障和良好社会环境氛围，使其拥有更多自由度和选择权的，大都是"江山代有才人出，各领风骚数百年"。西方的古希腊和古罗马，中国的春秋战国和唐宋，都属于这种情况；反之如大秦国，它虽然最早在人类历史上建立了宏伟严密的行政区划和治理构架，也最早实现车同轨、书同文、统一货币和度量衡，在成就华夏文明上功不可没，终究"其兴也勃焉，其亡也忽焉"，成为中国历史上最短命的王朝之一。原因是很复杂，蔑视人性的"苛政"恐为主因。人民完全沦为了统治者的工具，没有了任何选择和享受人生的自由。

"天下苦秦久矣"，可谓一语中的！

试看一下马云的创业历程：从大学毕业后，到办海博翻译社，再到创办互联网商业公司，从在北京和外经贸部合作开发商贸网站，到正式建立阿里巴巴电商平台，既体现着他创新和创业的激情，更离不开社会对自主择业的鼓励和认同，还有互联网为他搭就的划时代的起飞的平台。

选择权不仅仅为个人提供更多机遇，也为时代的进步和发展提供了更多的可能性。

# 民粹未必是民意

近年来，世界上民粹思潮沉渣泛起，且呈愈演愈烈之势。

从英国在民粹的喧嚣声中公投脱欧震撼世界，到美国大选特朗普胜出，爆出最大的政治冷门，以及单边主义、零和游戏，还有烽火四起的贸易战，都是民粹主义的衍生品而已。

民粹主义思潮不是什么新玩意。

正像黑格尔所说：历史往往重复两次，第一次是喜剧，第二次是悲剧。

民粹大都标新立异，以草根自居，饱含激情，极其具有煽动性，但由于其群体性、盲动性、裹挟性和破坏性特征，往

世界真正靠得住的还是自己内心的定力！

往是成事不足，败事有余，其对社会造成的负面影响不可低估。

民粹，也叫民粹主义（populism），平民主义或无政府主义，兴起于 19 世纪的俄国，后在中欧、北美和中东流行。

民粹主义的特征和表现比较明显：声称具有广泛的代表性，俨然当之无愧的"民意心声"，以此就和精英或贵族政治就划清了界限；无所畏惧，挑战传统核心价值和权威；群情激昂，道德感至上，蔑视理性，情绪化中凸显无限庄严和崇高，因而具有极大的煽动性；以群体性思维代替独立思考，以集体的冲动性行为挑战成规和法制；个人的独立、自由和尊严不再有太大价值；高举理想主义的旗帜，动辄以美好愿景相许诺，把激进视为奋进，为达目的不择手段，至于是否能够兑现也无关紧要。

民粹作为一种社会思潮，之所以动辄兴起，让人们乐此不疲，在于适应了社会在一定发展阶段一定社会阶层之特定需要。主要是人们对现实生活和境况强烈不满，甚至是有沮丧情绪，特别是对精英阶层治理能力的强烈失望，又看不到其他的出路和方向，遂跟随民粹分子来舒缓情绪。

民粹因为其裹挟性质，往往浪潮汹涌，但也没有可持续性，更加难以成事。因为从开始就缺乏理性，对社会的进步和发展更缺乏宽容与耐心，也不计后果，更不讲规矩，也从未着眼于长远和建设本身，所以既影响了社会的常态化运作，也带来相当严重的后果，包括一部分民粹主义者本身，回头看多数也成为这种思潮的牺牲品。

　　人和动物相比，本质区别是有理智，但在一定的历史条件下，又很容易为情绪化思潮所左右，绝对、极端、排斥，甚至会到疯狂的程度。素以理性著称的德国，在第二次世界大战期间竟然掀起骇人听闻的排犹浪潮，至今还让人们觉得不可思议；而反观今日，欧美右翼思潮，大多以民粹自居，视难民为洪水猛兽，也让人平添了几分痛心和忧虑。

　　深刻的历史教训是不要让情绪化主宰自己的理性和灵魂，更要小心被群体化的情绪煽动和蛊惑，绑架了自己的行动。

# 理想与现实

理想和现实的距离到底有多远？

"嫦娥奔月"本是神话，但是 1969 年 7 月 16 日，当宇航员尼尔·奥尔登·阿姆斯特朗和他的另外两位伙伴驾驶着阿波罗 11 号宇宙飞船，跨过 38 万公里的征程踏上月球的表面，梦想就成为了现实！

人为万物之灵概因其有思想。这思想，既有对过往的回顾和反思，像司马迁的《史记》，班固的《汉书》，司马光的《资治通鉴》，让我们能够"以史为镜，可以知兴替"，避免了重蹈覆辙；还有现实的科学理性判断，为社会的发展指明了方向，像法国孟德斯鸠《论法的精神》、英国亚当·斯密的《国富论》；更重要的是人能够高瞻远瞩，展望未来，这是任何动物绝对做不到的。

人弥足珍贵的是理想。它就像茫茫大海上引导航船驶向彼岸的灯塔，唤起人们无限的激情和渴望，并且成为奋斗的力量！想想长征路上的红军，别说面对国民党军队围追堵截事关生死，就是那罕无人烟的雪山草地，都让如今的所谓探险家们望而生畏。但我们伟大的革命队伍仍征服了这异常艰辛的征程，牺牲不可避免，征程上却很少有逃兵，靠的就是理想和信念的支撑。

理想有时是超现实的，所以人们通常又把理想叫做"梦想"，理想确实灿烂美好，但遭遇的现实往往也相当残酷。

理想之所以有时与现实无缘，甚至被它所嘲弄，根本的原因是主观愿望与客观规律以及实际相背离。如委内瑞拉原总统查韦斯，迷恋"玻利瓦尔式革命"，大张旗鼓地搞起了"21世纪社会主义"乌托邦实验。号称要建立一个比资本主义更公平正义的社会，要让石油收入直接造福人民。为此实行高度计划经济，强力推行全面国有化。用了十几年的时间，活生生就把委内瑞拉——南美洲这个资源和环境得天独厚、石油储量世界第一、天然气储量世界第八的国度，折腾到经济濒临崩溃，以致连续三年宣布实行"全国经济紧急状态"。而在他逝世后，接班的现任总统马杜罗面对的自然是一个看不见尽头的烂摊子。

　　人不可以没有理想，但更要警惕在"理想"光环下的种种空想甚至是幻觉，因为这不是一种成熟和理性的状态。正像哈耶克所说，坏事不一定是坏人干的，往往是一些"高尚的"理想主义者干的。

　　通往地狱的道路，不一定是荆棘密布，有时也常常伴有鲜花和掌声。

# 见识与格局

人的一生能成就什么事，很大程度上要看格局，而格局又往往取决于见识。

孟子世称"亚圣"，他也是山东人，其继往开来光大发扬儒学之功绩无人堪与匹之。

他谈到见识与视野的关系，特以他心目中的"古今集大成者"孔子为例：

孔子登东山而小鲁，登太山而小天下，故观于海者难为水，游于圣人之门者难为言。[1]

——————————

[1]孟子：《孟子》之《尽心上》，载刘聿鑫、刘晓东译注：《孟子选译》，成都：巴蜀书社，1990年，第248页。

意思是说，孔子登上了东山，鲁国尽收眼底，就发觉鲁国挺小；登上泰山，就知道天下也就这么大。所以在圣人门下总听教诲，就难以被其他学说吸引了。

够朴实、够贴切、也够深刻。他让我们知道了视野决定了你的认知能力。曾国藩说："凡办大事，以识为主，以才为辅。"春秋战国时代，百花齐放，百家争鸣，各家兴学之风很盛，既不用官方批准注册，也不用申请经费的划拨。但是只有孔子的办学蔚为大观，按当代学者易中天先生的说法是孔子"一个人又办清华又办北大"。他在中国思想文化史上的贡献，确实是前无古人，后无来者，让人"高山仰止，景行行止"。究其根本，是孔子的视野和格局不同。

站得多高，就看得多远，有什么样的见识，就有什么样的人生格局。

但是，见识从哪来？书本？经验？还是经历？或者是佛教所说的"顿悟"又或是"涅槃"？都是，但又不仅仅是，这要看背景，看情况，还要看对象。

首先是志向，也就是人生的渴望和梦想。孔子如果满足于干点活，种点地，过个小日子，就不会登完东山，又去登泰山。小鲁或者是小天下，这和一般人的生活并没有什么关系。

20 世纪初，19 岁的美国青年乔布斯，怀揣着"我是谁？我在这个世界上要扮演个什么角色？"的困惑，踏上了前往东方神秘国度——印度的征途。他和一位名叫丹尼尔·寇特的同学，穿着破烂衣服，赤脚前往印度北方邦维伦达文朝拜。

印度的极度贫穷和神圣的宗教光环之间的反差，给了他极大的震撼。生活的残酷与现实，远比任何说教都让他受教育，并且让他明白了技术发明和企业发展更能改变世界这样一个深刻的道理。事后他回顾说：我们找不到一个地方，能待上一个月，得到醍醐灌顶的顿悟。我生平第一次开始思考，也许托马斯·爱迪生对改变世界作出的贡献，比卡尔·马克思和尼姆·卡洛里·巴巴两个人加起来还要大。

理念引领人生，此后乔布斯回到美国，开始了以科技改变人类生活和命运的努力，终于把苹果公司打造成世界上最为伟大的企业之一。

"欲穷千里目，更上一层楼。"说明了一个人的见识，包括思维视角的广度和深度，胸襟的宽阔度与否，在某种程度上都取决于你见过多少世面，有过多少不同寻常的经历，还有与谁同行……

东汉末年，天下群雄并起。刘备在官渡之战败后寄居于刘表所在的新野。困顿无望之际，按名士徐庶指引，率关羽和张飞"三顾茅庐"，向躬耕于南阳卧龙岗的未到而立之年的诸葛亮请教生存发展大计。诸葛亮对天下大势剖分缕析，并献上"高举兴复汉室旗帜"，占据荆州和益州，联合孙权对抗曹操，三分天下进而实现统一的战略建议。刘备的视野豁然开朗，胸怀和格局立刻不同，从此就开始了新的征程。终在三分天下中居其一。

谁都希望有一个理想的格局，但是往往就缺乏到达这个理想境界的决定性因素，也就是视野。人生不仅有很多盲点，所谓一叶障目，不见泰山，甚至还有许多的盲维，就是见到了阳面，就忘了还有阴面。现在的世界，许多非黑即白，非此即彼的思维模式，已经让我们深受其害。

视野多宽，也与信息量大小有关。坐井观天，难免夜郎自大。魏晋时陶渊明有传世名篇《桃花源记》，写的就是先世为避秦之乱躲在桃花源。"芳草鲜美，落英缤纷"，是一处风景优美的理想乐土。但是人呢，却恍如隔代，"问今是何世，乃不知有汉，无论魏晋"。

改革开放初期，一些人到了新加坡、韩国以及我国香港这些当年"亚洲四小龙"的地区，不也像刘姥姥第一次进大观园，惊讶、紧张、兴奋之情溢于言表……

非凡的视野和格局，固然也要有点天分，就是平常我们所说的悟性。但更重要的是，有时在特殊和苦难的环境中进入瞬时或持续的心理状态，才会在思维认知上更上一层楼。

正如我们在邓榕写的《我的父亲邓小平——"文革"岁月》一书中所看到的。因为政治上的三起三落，才使邓小平感同身受，并且深切反思新中国成立以来党和国家以及社会发展的若干经验和教训，以罕有的雄心和魄力开始了"以经济建设为中心、以改革开放为特色"的中国特色社会主义道路的伟大探索。这样的深思熟虑和远见卓识，以1978年党的十一届三中全会为起点，转化为我党新时期治国理政坚定不移的道路自信，成为一个国家走向世界和未来的强大动力，使一个古老的民族，开始回归世界和平发展的主流，踏上社会主义现代化的伟大征程。

四十年，弹指一挥间，告别百年以来的屈辱、贫困和落后，中国从站起来，到富起来、强起来，其崛起之快速，成就之辉煌，成为人类历史上最为绚丽的一道风景。

要"实现中国梦"固然离不开各民族人民的聪明才智和奋斗努力，但是根本上是取决于坚持中国共产党的领导，新中国成立以来中国特色社会主义道路的艰难探索与成功实践，改革开放以来党和国家几代领导人的远见卓识，才有了今天的国泰民安。这样的奋斗和成功，还是世界上许多国家的向往和梦想。

目标和路径

英国19世纪著名的作家和艺术批评家约翰·拉斯金说：
"无目标而生活，就犹如没有罗盘而航行。"

目标是自己要达到的境界和标准，或者说是努力的方向。
虽然其形成会受到各种因素的影响，但从根本上说还是源于
独特的人生追求。古今中外凡成大事者，无不拥有明确且可
行的目标；反之，许多人回顾一生时之所以仰天长叹，往往
在于目标的确定上存在问题。

人生的奋斗目标，是由人的天性、志向、兴趣、环境等多
种因素决定的。一般来说，支配欲强，影响力大的人往往渴

望权力或财富；天性自由浪漫，崇尚自我的人就会选择自在闲适。爱因斯坦自小沉默寡言，而且很晚才会说话，以致被人怀疑患有艾斯伯格综合征。报考瑞士联邦理工学院时法语、化学成绩都相当差，但是物理和数学极为出色，被破格录取。他就把目标定位在自己的优长学科，终于成为物理学界一代科学巨匠，并提出了伟大的"相对论"，且在1921年以光电效应理论获得诺贝尔物理学奖。

但是，当1952年，第一任以色列总理戴维·本·古里安提议由他来担任总统时，却被爱因斯坦婉言谢绝，因为他知道从政非己所长，重要的是他也不感兴趣。

目标的选择和确定越早越好，会主动很多，到了60岁再去定向，于我而言，已经是到了回家抱外孙的时候了。

人性的特点之一就是多变，梁启超都说自己经常"不惜以今日之我攻昨日之我，遑论他人？"人生定向，往往受多种因素的影响，还有目标的高低和难易也不易把控。太高、太难、脱离了客观实际，口号喊得山响，最后只能更失望；目标低了也不好，难以让人焕发激情和活力，也不利于个人发展。

方向明确，目标清晰，之后就是选择到达理想境界的道路问题。人往往不乏豪情壮志，却在道路的选择上出问题，这往往会挫伤人的一腔热情，科学合理的道路才能让理想更有吸引力。

因为梦想是用来实现的。

# 偶然与必然

1914 年 6 月 28 日。

那个阳光灿烂的日子，人类还沉浸在对新世纪的憧憬里。突然，在波斯尼亚首府萨拉热窝，奥匈帝国的皇储弗兰茨·斐迪南和王妃被刺杀！

这件看似政界的一个偶然事件，却成为了人类史上一场战争的导火索。一个月后，因欧洲帝国主义之间矛盾的不可调节，爆发了人类历史上第一次世界大战，导致三千多万人伤亡，给人类社会带来了前所未有的深重灾难。

战后召开的巴黎和会上，英美法等战胜国经过六个月的

睿智就是能从偶然中看到必然的趋势。

谈判签订的《凡尔赛和约》，又埋下了21年后德国复仇式崛起的种子，并成为第二次世界大战的导火线。

人生就要面对无数偶然性和必然性。你来到这个世界已属偶然，诸如你的性别、身高、父母和家庭，都由不得你选择；而死却是人生的必然，不管你是谁。

出身无可选择，平等却可以追求。1776年由托马斯·杰斐逊起草的美国《独立宣言》，把"人人生而平等"作为铁律，写进了美国宪法，并由此衍生出"人们有生命权、自由权和追求幸福等不可转让的权利"等正义性和必然性要求。

人的命运往往又有许多的偶然。

北宋嘉祐元年（1056年），20岁的苏轼，在父亲苏洵的带领下，和小他三岁的弟弟苏辙一起从偏僻的西蜀四川眉县沿江而下进京科考。当年策论的题目是《刑赏忠厚之至论》，主考官是当时文坛领袖欧阳修，试官是诗坛宿将梅尧臣。二人俱是当时诗文创新的倡导者。二人发现苏轼才气横溢，文采斐然，等到面试后，即给予苏轼"他日文章必独步天下"的评价。果不其然，在欧阳修的提携和推介下，苏轼一时名动京师。确实，论文学造诣和人格魅力，及其在中国文学史上的影响力，唐宋八大家中，首屈一指的确是非苏东坡莫属。

历史的发展也充满着偶然性，也许就那么几个关键的节点，某个人物的出现，也许对你，对社会，甚至对一个民族或者国家，就产生举足轻重的影响。正像后人评价孔子："天不生仲尼，万古长如夜。"同样的，我们也可以试想下，若不是孙中山先生英年早逝，国共两党后来的关系和社会走势又将如何？当然历史不能假设，但还是可以给后人留些遐想的空间。

人生的必然，往往是由若干偶然性因素导致的不断集聚所造成。

所谓成熟和睿智，就是能够从许多的偶然性因素中，看到一种必然性趋势，因而能够防微杜渐。曾国藩之所以能成为晚清一代名臣，并被赐予许多文臣一生梦寐以求的至高无上的"文正"谥号，不仅仅是因为他有平定太平天国之乱的功业，更重要的是他的忠君克己之心和多予少取的品行，这对于一个誉满天下的人甚为难得。

# 激情与理性

　　人从本质上说是动物，是激情和理性兼备的高级动物，而怎么处理好两者的关系，往往是人生成败与否的关键。

　　激情是人的一种正常情感，它是在有目标吸引、远景激励或面临强烈刺激和突发情况而产生的一种情绪。毫无疑问，人无激情则无活力和动力，更谈不上什么魅力，甚至有的职业，如诗人、画家、作曲家等，主要依赖于形象思维，就全靠激情的澎湃才有创作的灵感。

　　大诗人李白，一生与情怀相伴，全不把世俗放在眼里。"天子呼来不上船，自称臣是酒中仙。"到了皇宫里见到唐明皇，照样谈笑风生，洒脱狂放。再后来就索性浪迹天涯，斗酒百篇，不愧为一代"诗仙"！从这个角度，我们要向他所拥有的激情致敬。

即使对主要依靠逻辑思维来工作的科学家来说，其科学研究和贡献，也一样离不开对科学的热爱和忘我奋斗的激情。斯蒂芬·威廉·霍金是当代最杰出的物理学家之一，不幸的是在 21 岁，就患上了卢伽雷氏症而全身瘫痪，没有言语能力，只有三根手指可以活动。但是近半个世纪以来，他一直在轮椅上铸就着自己丰富多彩的人生：在世界上尤其在科学界，他享有盛誉；在同事眼里，他风趣而幽默；在家里，是个好丈夫和好爸爸。显而易见，是激情和梦想，让他超越了严重疾病对他的摧残，把遭受苦难的人生过得如此的鲜活和灿烂！

人生需要激情，就像发射去太空的火箭需要动力推动，但是其燃烧和释放，又必须适度，并且受到科学理性的调控，否则后果不堪设想。一头猛虎，遇到雄狮可以立刻咆哮展示它的勇猛。但一个人，在生死关头，如能做到"无故加之而不怒，猝然临之而不惊"，才是涵养和水平。

理性与激情不同，它虽然与直觉和感觉有关，但并不受其所支配，甚至往往还要逆道而行，才能超越感情的局限，上升到一个理性的高度。

理性和理智是孪生兄弟，和淡定、清醒、全面以及严密科学的逻辑思维紧密相连，它是人类思维的高级形式，更能把握客观事物的特点和规律，是一个人成熟的重要标志之一。

　　人类社会，更多的还是需要理性。感性和激情往往自然形成，像性的冲动和男欢女爱，某种程度上就是本能在社会生活中延伸。所以激情往往是由先天因素决定。理性乃后天养成，理性不容于感情的冲动。感情用事就是"匹夫之勇"的代名词，能成事的不多，无论从政亦或经商，甚至是从事科研工作都是如此。

　　理性拒绝任性。古往今来，人在认知上面临的最大挑战不是缺乏自信，而是固执己见或独断专行。两千多年前，孔子就关注这个问题，但他更多是着眼于人的素养，说许多人"愚而好自用，贱而好自专"，佛教说的"我执"，现代流行说法叫"任性"。事实上不光是贱或愚的人，往往一些相当有成就的人，因为成功就更任性，并因此可能在事物判断上格外缺乏理性。所以世界上有些最离谱的事，跟草根阶层大多没啥关系，往往都是那些所谓的"大人物"干的。

　　理性是不迷信权威，蔑视强权，只是基于事实和真理，挑战陈规旧俗体现出它的真诚价值。理性是不在意别人怎么看或怎么说，关键是用理智和清醒，告诉自己应当怎么做。人类社会的进步和发展多次证明，当时看起来是不可思议甚至是离经叛道的事情，恰恰是代表了时代的潮流和未来的趋势。从康有为、梁启超到孙中山，之所以能成为影响历史进程的人物，就是因为他们比别人尤其是那些传统的士大夫阶层，更有世界眼光和现代意识。见识和理性让他们更多地感到了中国必须融入世界潮流，才会真正有希望，所以才成为那些举国皆昧于世事的时代里的"清醒的中国人"。

　　权力，容易使人过度迷恋而丧失理性。财富的诱惑和利益的驱动，也会使人忘乎所以，失却创业时谨小慎微的初心，遂使许多商业帝国难得善终，古今中外概莫能外。

# 自由与自律

2018 年 1 月 12 日，全球的目光都投射到位于沙特阿拉伯西部最大城市吉达的焦哈拉体育场。

并不是因为这里要举行重大赛事，而是这个国家要迎来一个历史性时刻：首次允许女性观众观看体育比赛！看着那些入场的女观众激动、忐忑和渴望的目光，我们愈发感受到自由的珍贵！它既是不分社会制度、意识形态、种族和宗教信仰，人类所共有的渴望与天性。那不只是资本主义国家的专利，也是我国社会的核心主义价值观的内涵之一。

匈牙利的著名诗人裴多菲，有一首以生命、爱情、自由为主题的箴言诗，几百年来为人们所传诵：

> 生命诚可贵，爱情价更高，若为自由故，两者皆可抛。

人本来生而自由，为何自由却成为很奢侈的追求？

原始社会，虽然生产力水平低下，待分享的生活财富也不多，但并无贫富和贵贱之分，人也相当自由。但是，按照恩格斯在《家庭、私有制和国家的起源》一书中的论断，当社会生产力发展，社会分工和商品交换出现，阶级开始形成，国家诞生并开始运用国家机器包括暴力手段整合社会资源，协调各种利益关系。整体上说，确实促进了社会的进步和发展，但是文明的副产品随之出现：以国家的名义、社会的需要等种种借口，自由——作为天赋人权，或由于专制独裁统治，或因经济与社会的落后与贫穷，以及战争和恐怖活动，开始受到公然的剥夺和侵犯。

纵观人类文明发展史，社会的进步、科学的昌明、人才的涌现，文明演进和历史发展，无不与相对宽容和自由的社会环境密切相关。

为什么现在许多人说宋代是历史上一段灿烂的时光？历史上中国被公认的几项有世界性影响的科学技术发明中，宋代就以火药和印刷术占了两项；宋代诗文，也能在文学史上独领风骚，唐宋八大家中，宋代文人就居有六席。这与一代文治之君宋太祖，开国之初就实行"文以靖国"理念，优待文人、广开科举的举措有很大关系。

相比之下大清王朝，虽然在开疆拓土上卓有成效，入主中原后却始终难以跳出"非我族类，其心必异"的狭隘思维，在一统江山甚至江山相当稳固后，在所谓雍乾盛世，仍屡次兴起"文字狱"，牵连人数之多，残酷之程度旷古未见，其荼毒和影响极为深远，"万马齐喑究可哀"的社会氛围，使这个风雨摇摆的封建王朝绝无可能开放和创新。鸦片战争爆发后，突然面对"三千年未有之大变局"，内忧外患接踵而至时，朝廷不仅无御乱之兵，满朝文武也多为颟顸之辈，落后挨打之后一系列不平等条约的签订把国家送进了备受屈辱的半殖民地半封建社会。

人类把自由视为空气一样重要，也是许多仁人志士崇高的道义追求。

19世纪上半叶，那些深受西欧自由民主思想熏陶的十二月党人，都是些青年贵族军官，有着显赫的家族背景，他们以天下兴亡为己任，宣布"没有人身自由，就没有安宁，就没有幸福的神圣理想"，为推翻农奴制度和沙皇专制制度而发动起义，失败后或慷慨赴死，或惨遭流放。18世纪下半叶的法国大革命，诞生了著名的《人权宣言》，持续时间之长，斗争之残酷激烈前所未有，尤其是流血牺牲的代价十分高昂。还有美国为废除奴隶制而起的南北战争，是美国历史上唯一的内战，实际是在一个共和制的新大陆国家给黑人奴隶以自由之争，战争之初北方为维护国家统一而战，后演变为消灭奴隶制的战争。

无论怎样说，自由对全人类来说，已经是一种普世价值，更是大势所趋，人心所向。

自由不仅是人与生俱来的渴望和权利，更是社会发展进

人类把自由视为空气一样重要。

步的重要和根本性的标志之一。

马克思心中理想的社会，就是"以每个人的全面而自由的发展为基本原则的社会"。这位伟大革命导师认为，人的全面、自由发展和全人类的解放是衡量社会发展的最高标准。为此在《共产党宣言》中庄严宣告："每个人的自由发展是一切人的自由发展的条件"。

1775年3月23日，苏格兰裔美国人帕特里克·亨利在殖民地维吉尼亚议会发表演讲时，最后的结语是"不自由，毋宁死。"

这个世界很美好，但是同时也很无奈。

一方面，自由是如此重要和珍贵，另一方面，自由也时常被滥用，而祸患无穷。法国大革命时期，多少腥风血雨，都是假"自由之名"而行，最后是以暴易暴，把少数人的专制变成了多数人的暴政！

一般认为民国时期的中国很自由，思想活跃，人才辈出，很有点春秋战国时期百家争鸣的情形，以至于到现在许多人还怀念"民国范"。但那个时候的国家，群龙无首，四分五裂，军阀混战，民不聊生，实际是为后来列强瓜分中国，日本遂起灭亡中国之念提供了可乘之机。

自由之花虽然灿烂，但是需要适宜的土壤和条件。

自由的一个"反面"，就是以自己的自由，去剥夺或变相剥夺别人的自由；自由的真谛，是学会尊重别人的自由。

# 个体与群体

人类的核心价值观之一，是个性解放和自由，针对的是封建专制统治和宗教极端思想的束缚，并成为科学技术、理性精神和创造力之源，也是人类社会繁荣发展和科学技术进步的重要思想基础。

19 世纪英国著名的哲学家、逻辑学家、自由主义思想家约翰·斯图亚特·穆勒，在其名作《论自由》一书中，把个性发展上升为伦理范畴的高度。他认为所谓个性就是人们可以按照自己的爱好和兴趣去追求和探索，并且承担自己选择的后果。一个公正合理的社会就应当尊重并且保障其个性不因各种理由所侵犯而能得以发展。他主张个人在意识领域最大限度的自由，包括良心的、思想的、意见的、情操的自由，以及表达这些思想、意见、情感的自由。

著名的俄裔美籍小说家、剧作家和哲学家安·兰德，在她那本被美国国会图书馆评为对读者影响力最大，仅次于《圣经》的十本书之一的《阿特拉斯耸耸肩》一书中，也力倡理性美德基础上的个人主义，认为不能使个人利益得到伸张的社会，就不是理想的社会，就有悖人性，并且影响社会的进步和发展，因为"人的自私才是人类进步的源泉"。她在《自私的美德》一书中，提出了"理性自私"的概念，即个人生命属于个人终极价值，个人的幸福是个人的终极目标，个人应该运用自己的理性去追求自己的幸福。只有运用理性获得知识实现多产，并与他人交换，才能实现自尊和自我存在的价值。而在这个过程中，"生命"的概念才能让"价值"的概念成为可能。因为只有生命体才能拥有或者创造目标，才有自发的、有目的的行动，只有终极价值和最高目标，才使得价值的存在成为可能。

这些伟大的思想家之所以如此重视人的个性的发展，是因为此乃人性之本真，不能否认和泯灭；更重要的是个体是群体的基本构成要素，是社会发展的基础。

古往今来，没有一个集权专制、压抑人的尊严和个性的社会会享有良好与公认的美誉并长存于世。

一个真正伟大的国家，一定是以博大的胸襟包容人的个性，并焕发出时代的光彩。

就说阿里巴巴，先别谈市值，就看看马云的个性是多么的张扬而富有独特的风采。马云是这个世界上最受欢迎的商界风云人物之一。就连美国总统特朗普上任前都要见他，并称他为伟大的企业家。许多国家的领导人到中国访问，有的也要到杭州阿里巴巴总部去拜访他。他在为社会创造了巨大财富的同时，也改变了人们的生活方式。

从这个角度上说，能否"不拘一格降人才"，往往是一个国家、民族、社会兴旺发达的标志之一。

当然，社会现在越来越发达，系统化程度也越来越高，个体的作用，往往要通过群体力量体现出来。历史已经证明，群体力量要远大于简单的个体之和，但这也要建立在尊重个体，而不是抹杀个性和才华的基础上。

然而，如何把握和处理好个体和群体的关系，不仅事关个人成长和才能发挥，也是社会发展面对的一个相当值得思考的问题。

魏晋南北朝时以"竹林七贤"为代表的名士阶层和当权者的对立、冲突，最后酿成悲剧，让后人扼腕长叹！实际上这些名士，并没有搞什么结党营私的非法活动，不过是都有些才气和个性，"越明教而任自然"寄情于山水之间，纵酒放歌，按传统礼教来看，是生活作风上不太严肃而已。而最后的结局是：嵇康被害，阮籍佯狂，七贤凋零……成为一个时代的悲剧。

# 杰作与协作

人类历史之所以光辉灿烂，离不开许多非凡卓越的发明杰作。

没有爱迪生发明电灯，并且以他睿智的商业头脑把它迅速推向市场，变成大众化的生活照明用品，人类可能还要在黑暗中摸索；没有莱特兄弟发明了飞机，我们今天去美国，恐怕要远渡重洋，耗时一个多月。

历史前进方向上的引领，文明层次的提升，以及具有颠覆性的创造和发明，离不开许多杰出人物的贡献与作用。

所谓杰作，一般都具有以下几个特征：超前，也就是能够体现社会的需要，甚至是走在时代的前面，其潜在价值可能当时不被世人所知，但是随着时光的流逝，意义却越来越凸显，孔子和他的儒家学说即是如此。原创，前无古人，甚至可能后无来者，像英国的计算机科学家蒂姆·博纳斯·李1989年正式提出万维网的设想，并且在日内瓦欧洲粒子实验室开发出世界上第一个网络服务器；谷歌副总裁温顿·瑟夫博士，设计出互联网基础协议和互联网架构，与罗伯特·卡恩合作发明 TCP/IP 协议，创立了"信息高速公路概念"。他们都是世界公认的"互联网之父"，根本上改变了人类的思维模式和生活方式，影响甚为深远。

第二次世界大战中日本投降，美国往广岛和长崎扔下的那两颗原子弹起到了巨大的震慑作用。当时没有一个国家拥有这样的战争利器，其作用可想而知！包括中华人民共和国成立初期的"两弹一星"战略决策，用较少的投入和较短的时间，获得了举世瞩目的成就，奠定了如今中国在世界上的大国地位！

一个国家、民族有多少杰作问世并且产生多大的影响，涌现了多少杰出的历史人物，是时代是否兴旺发达标志之一。

时代变迁，各行各业的分工与协作越来越密切，生产的社会化程度越来越高，效率的提高和成果的丰硕是过去几代人难以企及的。社会的超大规模协作是不可逆转的趋势。系统揭示这个奥秘，并且用现代经济学原理加以说明的是亚当·斯密，他在《国富论》中分析说，一个英国工人即便再努力，可能一天也制造不出 1 枚扣针，20 枚就更加是不可能的了，因为有 18 道工艺。但若是 18 道工艺分工协作，恐怕就可以生产几十枚甚至上百枚、效率会因专业分工细密而大大提高。

从苏联 1957 年发射第一颗人造地球卫星，到四年后把加加林送上太空，还有美国的"阿波罗登月工程"，以及中国引以为傲的"两弹一星"，都是高度合作的杰出工程。其基本是以国家意志推动各种资源和要素的整合，实现国家的根本利益和战略构想，体现自身存在的力量。

合作，在现代社会，不仅必须，更重要的它是个不可逆转的趋势。

# 环境的产物

"橘生淮南则为橘，橘生淮北则为枳。"说的是橘树因产地变了，不但名称不同，甚至味道、品质和价值也改变了。

世界上许多国家都盛产葡萄酒，法国、意大利、美国、澳大利亚、葡萄牙、西班牙、智利、南非等都各有特色，却唯有法国波尔多和勃艮第产区所产葡萄酒最为昂贵。其价值并不完全是由酿制时间、市场需求、酿酒师和酿制工艺决定，很大程度上，也要看采摘年份以及自然条件，如温度、日照、降水量、土壤状况等。一般的拉菲酒，市场价几千元，但1982年或者1985年的正牌拉菲酒，行情好的时候，一支可以卖到人民币两三万元，已经是公认的收藏品。更让一般人咋舌的勃艮第产区的罗曼尼·康帝这款酒，动辄几十万一支，按照国际知名的葡萄酒评论家罗伯特·帕克的说法："这是千百万富翁买得起的葡萄酒，却只有亿万富翁才舍得喝。"

世界上别的产区，从来都没出过这么好、这么贵的酒，上天给予的"礼物"，非人力所能渴望和改变。

物产如此，那么自然环境对人和人性的影响有多大？

较早关注到这个问题的是公认的西医鼻祖——古希腊的医学家和思想家希波克拉底。他关注到人类的特性，尤其是身心个性，与气候条件有很大关系。后来柏拉图和亚里士多德，从哲学尤其是伦理学的高度，以希腊人为范本深入研究，认为地理位置、气候和土壤都对民族特性和社会发展有很大影响。

中国文化传统，不仅有着高大精深的人文内涵，而且还有着系统和丰富的自然天道观，因为中国人往往是从天道的角度看人道。老子说：

人法地，地法天，天法道，道法自然。

就把天理和人伦有机结合起来了。自然界不以人们意志为转移的客观规律，已经昭示了人类及社会发展必须遵循的常心、常理和常情。正所谓大道至简，大言稀声。

当我们到了北欧，如挪威、丹麦和瑞典这些地方，不仅山清水秀、环境幽雅、宁谧舒适，而且这里的人也安定祥和、

人法地，地法天，天法道，道法自然。

和蔼友善，让你深切惑到，旅途中最美的风景，并不是高山大河、冰封险川，而是淳朴可爱的风土人情。可是如果你到了那些战乱不断、恐怖活动频繁的国度，一颗心都定不下来，哪会有什么安全感和幸福感，甚或闲情逸致？

说人是环境的产物，并不仅仅是就自然环境而言，很重要的还在于社会环境。中国有两千多年的封建社会，虽然也不乏"文景之治"和"贞观之治"这样的所谓盛世，大部分时期仍有战乱与灾荒，黎民百姓啼饥号寒于水深火热之中。元代诗人张养浩当年路经陕西关中，写了一首著名的散曲《山坡羊·潼关怀古》：

伤心秦汉经行处，宫阙万间都做了土。兴，百姓苦；亡，百姓苦。

王朝更迭往往伴随着腥风血雨，典型的莫过于唐代"玄武门之变"，竟然是同胞兄弟骨肉相残，光是侄子就杀了十来个，至于其门客故旧牵连之广，是可以想见的骇人听闻。

近代以孙中山为代表的有世界眼光的中国人，在国家处于忧患时认清了一个硬道理：要想中国从积贫积弱中站起来，必须从根本上改变社会的制度和环境，即推翻帝制，建立共和，才能让中华民族屹立于世界富强文明民族之林。否则，就是换汤不换药，同一种专制和压迫的轮回而已。事实证明：辛亥革命以后，历代封建王朝的一些痼疾，如宫廷内斗、宦官擅权，动辄大兴"文字狱"以及抄家株连等，已消失于历史长河，因为这些现象赖以生存的社会基础和环境已经不复存在，正像过去《白毛女》这个剧目演出的推介词所说"旧社会把人变成鬼，新社会把鬼变成人"，真正是环境使然。

同时，人文环境也不可忽视。作为一个民族的文化特质，长期积淀，薪火相传的。中国传统文化一直以和为贵，求同异存。自秦汉以来"罢黜百家，独尊儒术"，形成大一统的思想文化传统。对民族心理素质的形成产生了深远影响，使之多次面临内忧外患和生存危机仍然屹立不倒，并且愈挫愈奋，愈战愈强。但是它的一个副作用，就是社会的价值认同往往是求齐、求定、求稳，并不鼓励认可求异思维，特别是创新探索和冒险精神，稍越雷池就容易被视为大逆不道。中国本是个思想文化内涵和积淀非常厚重的国度，但是思维却成了科学技术创新发展的沉重桎梏，终于在世界进入法制社会和工业文明的历史性转折时刻，落后于时代大潮。

还有一个历史文化传统，就是"唯书、唯上、不唯实"。

别说一般人，连处于中国历史上思想最为开放时代的孔子自己都说：

君子有三畏：畏天命，畏大人，畏圣人之言。

什么意思呢？就是在孔子心目中的标准人物"君子"那里，都觉得天命不可违，人生富贵贫贱只能任由天命。

中国历朝历代都讲"立德立功立言"，"言"是放在和功德同等甚至是更重要的位置，因为功德往往彰显于当代，文章那是要流芳千古的。细想确实如此，你看汉武大帝文韬武略，当政时何等威武风流，但他绝对想不到，被他一任性就动了"腐刑"的"太史令"司马迁，却"隐忍苟活，幽于粪土之中而不辞者，恨私心有所不尽，鄙陋没世，而文采不表于后世也"。果真，一部《史记》，对后世史学文家影响深远，为后来历代帝王和士大夫阶层的必读书，甚至后人如何判断汉武帝，也要在《史记》中找定论。这一方面，说明了中国历史上知识分子地位的重要。但是另一个方面，就是孔子说的容易"畏圣人之言"，后来整个民族都在四书五经里面打转转，并且通过国家机器把它政治化和制度化，稍越雷池就是欺师灭祖，大逆不道。结果鲜活的思想被禁锢，创新和活力逐渐丧失，传统文化非但没有成为社会转型的助推器，反而成为走向现代文明的思想藩篱。即便是在清末面临"三千年未有之大变局"的情况下，也未能实现思想上从传统到现代的突破和转型，甚至一度将"西学"视为洪水猛兽，后来就到了亡国灭种的边缘，直至封建制度大厦倾倒。

　　从这个角度上说，人，真的是历史和环境的产物，也受到环境的影响，昔"孟母三迁"，确有其深刻的道理。

# 敬畏之心

人与生俱来即有敬畏之心。

婴儿呱呱坠地，对世界是充满恐惧的，即便是听见家人欢喜的笑声，也有点害怕。随着年龄的增长，无论对自然界的闪电雷鸣，还是人类社会的烧杀掠抢，一般人也仍有无限的惊恐。此种敬畏源于人类对维护自身生命安全的自然本能，并不需要社会的指引和关照。

人们对社会生活的敬畏理念要丰富、重要和深奥得多。

孔子看到人们说鬼神，怕鬼神，他就"敬鬼神而远之"，因为他很现实，对"鬼神"的有无既搞不清楚，也不愿意为此纠结。

德国大哲学家康德，也说自己"愈思考愈觉神奇，内心也愈觉敬畏"。

唐太宗，自称每天'戎战兢兢，若临深而御朽木；日慎一日，思善始而令终"。

孔子和康德都是世界文化名人，其学说堪称人类文明风向标，不可谓不聪明；唐太宗腥风血雨中冲杀出来，打江山功勋彪炳；开创的"贞观之治"也是历代统治者向往的盛景，谁敢说他无能？他们之所以常怀敬畏之心，源自人性的睿智和清醒。

敬畏是人类的本能，但是当人类拥有了至高无上的权力和积山填海的财富，并依赖着科学技术巨大的飞跃和进步，发现自己竟然可以遨游太空、月球行走，感觉就完全不同了，人性也就容易出现不可遏制的自我膨胀，甚至飘飘然地就觉得无所不能！

自 18 世纪英国工业革命以来，人类对资源的掠夺和环境的破坏从未停止，现在仍存在的局部战争、恐怖活动、贸易大战等，无不和人类失却敬畏之心的"超人思维"有关。

自然是人类生存、世界繁荣和发展的基本条件，更是子孙后代赖以生存的根本。但是由于人的贪婪和利益的驱使，对大自然尤其是资源和环境的掠夺和破坏，已经到了无以复加的程度，环境恶化，自然灾害频发，远远超出这个美丽的星球可以承受的极限。以至于霍金在一部纪录片中警告说，今后一个世纪里，我们的世界变得越来越不宜居，人类若想生存，必须在 100 年内逃离地球，在太空中寻找新的空间。

人不能不"畏天命"。孔子讲这"天命"，并不同于宿命，按老子主张就是要自在天成，而不是去战天斗地，征服自然。自然界和人类社会的存在和运转自有其特点和规律，不会以人的主观意志为转移，照样是"春有百花秋有月，夏有凉风冬有雪"。董仲舒讲这个道理叫"天不变，道亦不变"。什么是"道"？人间正道是沧桑。人与自然、人与人、人与社会都要和谐共存，三者是一个不可分割的命运共同体；自由、平等、法制、人权、科学、民主、宽容和博爱，是全人类主流的核心价值。人类今天不敬畏它，明天也许将由人类自己来承担恶果。

人更要敬畏自身，珍视生命，善待自己。你来到这个世界不容易，生命对谁来说也只有一次。既来之，就要有点作为，对得起这个世界，也对得起自己。不一定要轰轰烈烈，许多瑞士人一辈子只会做好吃的巧克力，让别人甜蜜，自个也欢喜，这也是人生的意义。人生于父母，成长于家庭，生活在社会，成败的关键在为人处世，而其枢机在敬畏之心。要像孟子说的那样，要"仰不愧于天，俯不愧于人"。做到这一点，就有可能"富贵不能淫，贫贱不能移，威武不能屈，此之谓大丈夫"。

有敬畏之心，也要高度警醒自己，而不仅仅是小心别人。因此在古希腊阿波罗神殿上，庄严地刻有一句名言："人啊，

敬畏之心源自睿智和清醒。

认识你自己。"

　　亚里士多德认为，对自己的了解，不仅是最困难的事情，而且是最残酷的事情。孟子也倡导"反求诸己"。这些睿智的哲人如此看重人类自身，是因为人身上既闪烁着社会熏陶后的人性成长的光芒，也有兽性原始的成分，如自私、贪婪、任性、残酷、掠夺等，如果少了修养和自律这根缰绳，特别是外在的制度和法律的制约和规范，其劣根性就会像洪水猛兽般泛滥！

# 乱世人不如『平安犬』

人生在世，有时真的无可选择。

且不说鸦片战争后中国历经的外敌入侵，军阀混战、社会动荡不安，百姓流离失所，真的就像杜甫诗中所言："烽火连三月，家书抵万金"。就是人类科技和文明如此发达的今天，看看巴以冲突这么多年，以及伊拉克、阿富汗和叙利亚的内战，流离失所的难民，真的让你心痛，忍不住不发出"宁为平安犬，不为乱世人"的感叹！

全球现有 233 个国家和地区，75 亿的人口，真正能过上安宁幸福日子的并不多。虽然人类多年没有世界大战，已属幸运，但是自然灾害、饥饿贫困、种族冲突、政局动荡、恐怖活动、局部战争从未间断，且有日渐失控之势。

任何国家和地区，乃至于世界，至为珍贵的是稳定与和谐。邓小平当年开启改革开放，反复强调的是"稳定压倒一切"，确是极其平凡而又深刻的"硬道理"！

青年时代对《三国演义》很着迷，有点英雄崇拜的情结。兴衰更替，惊心动魄。"滚滚长江东逝水，浪花淘尽英雄！"但现在，我不向往那样的朝代和岁月，自古以来，"一将功成万骨枯"。连曹操这样的所谓成大事者，也是当时"乱世"的既得利益者，都不禁写诗慨叹"白骨露于野，千里无鸡鸣，生民百遗一，念至断人肠"。

致广大而尽精微

人除了能常思既往，就是有宏图远略，因为志向影响行动，也决定着格局。

时光，回到多年前的秦国都城咸阳。

惊恐的人们纷纷肃穆回避，目送着秦始皇出巡的威武浩荡的车队。人群里有个正在短期服役的年轻人叫刘邦，不禁发出"嗟呼！大丈夫当如是也！"的感慨；同样，另一个后来也相当不凡的风云人物项羽，在游览会稽郡的时候也看到了这景象，说的是"彼可取而代之也"。

两个人面对同样的情景，眼光和胸怀大不同：一个是只想到"彼"而已，一个却抱有所谓的"大丈夫"之志，这是不同视野之分。

登高才能望远，眼光来自于见识。

如果当年刘邦不去咸阳溜达一下，看到秦始皇出巡那阵势， 说不定啥想法都没有了，公差完事就回到老家过小日子去了。

所以，在你想要做一件像样的事情之前，最好先看看自己是否站在了前人的肩膀上，是否具有了不同于常人的目光和路线方向，这是比能力更重要的东西。

"致广大"，究竟要多大？恐怕要因人而异，不能一概而论。王健林先生在访谈节目中说到年轻人创业立志，就不妨给自己定下一个亿的小目标，我相信，他那一定是开个玩笑来的。因为现在全世界 1% 的人已经拥有全球近 50% 的财富。什么原因？是否合理？这是经济学家和社会学家研究的事，而我们只能面对这样的现实。对富豪我们没有必要羡慕嫉妒恨，但也不要幼稚地以为谁都能够成为他们！ 99% 的人去争夺不到 50% 的财富，可以想见那将十分残酷。我们自己最好把人生的方向和体量放在一个该放的天平上。

英国诗人布莱尔在那首《天真的预言》中吟诵出：一沙一世界，一花一天堂，双手握无限，刹那是永恒。

张国荣把这个意境蕴含在那首叫《我》的歌里，表达得更加动人：

我就是我，是颜色不一样的烟火，天空海阔，要做坚强的泡沫，我喜欢我，让蔷薇开出一种结果，孤独的沙漠里，一样盛开得赤裸裸。

"尽精微"，就是"既要仰望星空，还要脚踏实地"，这是古今中外成大事者的常态和规律。当年上海滩叱咤风云的人物杜月笙，刚到黄金荣家，不过是个打杂跑腿的，就是因为小事办得麻利，给当家主事的大姨太桂姐留下深刻印象，开始委以重任，命运才有了根本的转机，竟然后来居上，成了越居黄金荣之上的大亨。

能够活得轰轰烈烈的毕竟是少数人，大部分人都只能在平凡中度过一生。但他们常常犯的错误是：大事做不来，小事又做不好，而且怨声载道，就觉得这世界对不起他。

人生事无巨细，都没那么简单，关键是看性质、情况、阶段和影响，尤其别忘记：星星之火，还可以燎原。所以既要有大度之胸怀，又要有严谨细致之步数，人生，才能稳中求进。

# 你是你的一切

1957 年 11 月 17 日下午六时。

数千名中国留学生齐集在苏联莫斯科大学，接受了毛泽东、邓小平等中国领导人的接见。

也就是在这里、在欢声雷动的时刻，伟大领袖毛主席在讲话中说："世界是你们的，也是我们的，但归根结底是你们的。"

这不仅寄托着他对中国留学生的无限期盼，恐怕也是对所有的年轻人说的。更深层次的目的，是要告诉人们一个深刻的哲理：你，才是未来的主人，你怎么样，这个世界才怎么样。

在香港一般人的眼中，搬运工是个又苦又累的活，是辛劳的代名词。但是那个被誉为当代"最美搬运工"的朱芊佩（小珠），一干就是 8 年，忙的时候，一个人下过 60 板货，有时工作到深夜，受伤也是家常便饭，腿经常被磕磕碰碰，留下青一块和紫一块的淤青，有一次手指受伤就缝了 7 针！但是她喜欢搬运工的自由、简单和酣畅淋漓的舒坦，硬是把这个集脏累于一身的工作变成了一道靓丽的人生风景线！事实上，她正是用青春和汗水，演绎了香港人的自强不息、拼搏向上，这就是为什么香港能够成为享誉世界的现代化大都市的原因。然而，许多人并不这样想，也不会朝着这个方向去努力。

人性的弱点之一，是习惯于把一切的不如意都归咎于他人。

孟子说："行有不得，反求诸己。"意思是说，事情做得不成功，出现了问题，就要从自己身上去找原因。这么一说，感到潜心研究一下我们的国学是十分必要的，用中国智慧解决问题，对自身以及这个世界，都会好许多。因为人亦或一个社会，如果充斥着的是满腔的怨恨情绪，十有八九就是自己心理上有问题，事情也就办得好不到哪里去。

你怎样，世界就怎样，给人性的完善提出了更高更严的要求。

现代生物学、药理学、人才学、管理学以及人工智能的发展，都致力于挖掘人的巨大潜能，深入研究和思考如何让人更聪明。

人性不仅有理性，而且有灵性，感知因素有时发挥很重要的作用，也就是心境有时胜过环境。当年纳尔逊·曼德拉被南非种族主义者关押在荒蛮之地罗本岛的一间小狱室里，没有自然光线，也没有任何书写物品，每天只有一个小时左右的放风时间。

后来美国的希拉里·克林顿到这里参观过，曾经感慨万千，说她绝对不能想象在这样的地方还能生存！

但是曼德拉当年作为一个南非争取种族独立和平等的热血青年，在狱室内坚持跑步，做俯卧撑，还争取开辟了一块菜园，种了上千株植物，一片生机盎然……

你是你的一切！